神さまの飯屋

KANO NARUSE
成瀬かの

CHOCOLAT BUNKO

ILLUSTRATION 伊東七つ生

CONTENTS

じいちゃんが言った。おまえは特別な存在なんだよと。

だから――おいで。

じいちゃんに手を引かれてくぐった扉の向こうには、鳥たちが歌う楽園のような世界が広がっていた。

一、プロローグ

格子戸《こうしど》なんて日本料理店でしか見たことなかった。

恐る恐る開けた中には小さなテーブルが二つとカウンター席が黙然《もくねん》とたたずんでいる。和風のしつらえを見るに落ち着いて食事ができる店のようだ。

安全装置を外した銃を両手で構えたまま、剛毅《ごうき》は大柄《おおがら》な体格からは想像もできないほど敏捷《びんしょう》に店の一番奥まで進み、肩で板戸を押し開けた。左右を確認し建物内に潜《ひそ》んでいるものがいないか隅々《すみずみ》まで見て回る。

畳《たたみ》の座敷に、やけにバスタブが深い浴室、破れた襖《ふすま》で仕切られたクロゼット……。

誰もいないとわかり、剛毅はようやく警戒を解《と》いて銃口を下ろした。最初に入った店舗スペースに戻り、片方の肩に引っかけていたバックパックをカウンターに置く。

口を開けてさかさまにすると、様々なものが白木の天板《てんばん》の上に零《こぼ》れ出た。パスポートにパワーバーのパッケージ。表現はすべて英語で、日本語で書かれたものは端《はし》が日に焼けた文庫本以外見当たらない。煙草《たばこ》が一箱しか入っていないのと弾薬の予備がないことに小さく舌打ちすると、剛毅は壁に寄りかかり腕を組んだ。

ここは、どこだ？

気がついたらジャングルの中にいた。直前まで自分がいたはずの場所も暑かったが、空気はからりと乾燥し、ここのように膚《はだ》に纏《まと》わりつく湿気はなかった。枝に止まっていたオウムが唐突についてこいと喋り出し、戸惑いつつ従うと、この建物に辿り着いた。だが、事態はまだ何一つ好転していない。

充電のため身に着けていなかったせいで携帯もない。建物の中をざっと見て回った限りでは電話もパソコンもなかった。

ジーンズのウエストに銃をねじこみながら剛毅は窓へと目を遣《や》る。光が赤みを帯びてきていた。夜が近づきつつあるのだ。

真っ暗になってしまう前に少しでも周囲の状況を把握《はあく》しておきたい。連絡ツールを手に入れられればベストだ。

カウンターの内側にバックパックを隠すと、剛毅は再び格子戸を細く開いた。すでに剛毅をここまで案内してきたオウムの姿はない。あとは自力で何とかしろということなのだろう。

剛毅は素早く外へと滑り出て進み始める。

二、開店前夜

「さーてっと、こんなもんかなー」

段ボール箱の蓋《ふた》をテープで留め、押し入れの襖を開く。本来なら一メートルほどで行き止まりになるはずの空間は異常に広く、中段もなかった。壁際にそそり立つ段ボールタワーの一番上に新しい箱を置くと、琳也《りんや》は一旦手を止め、大きなあくびをする。眠いが後で昼寝をすればいい。鼻歌を歌いながら選抜《せんばつ》に漏れた物をゴミ袋に詰め込む。

着古したセーター、財布から出てきた数枚の名刺、ぺしゃんこになってしまったクッション。こいつは最初はふかふかだったのにあっという間に潰れてしまった。根性のなさが持ち主そっくりだ。

すぐいっぱいになったゴミ袋の口を縛り琳也はサンダルを突っかける。アパートのボックスにゴミ袋を放り込んだところでぽつりと手の甲に当たったものがあった。

雨だ。

気持ち早足に廊下を戻り再び扉を開け空っぽの部屋を目にした琳也は、ちょっとだけセンチメンタルな気分になる。

色んなことがあった。厭《いや》なこととか、厭なこととか、厭なこととか。

「おかしいな、楽しい記憶が見当たらないぞ？」

でもまあ、そんな日々とはおさらばだ。琳也は扉を閉めて部屋の中央まで足を進めると、四方に頭を下げた。

「ありがとう、ありがとう、ありがとう。五年間、お世話になりました！」

ここにはもう戻ってこない。

「クソみたいな日々とも今日でおさらば。ヤな思い出は全部ここに置いてゆく」

明日からは楽しい日々が待っている。

「あっちで嫁さんと二人、絶対に、幸せに、俺はなる……ッ！」

嫁さんの顔もまだ見たことないけど。

拳を突き上げて気合を入れたところで、鳥の羽ばたく音が聞こえた。いずこからともなく舞い降りてきたマメルリハが琳也の肩に止まり、喉を震わせ囀《さえず》る。

――りんりん、おしたく、おわった？　おわった？？

「おおう、お迎えごくろーさん！　じゃあ、そろそろ行こっか」

すりりと小さな頭が擦り寄せられる。お返しに指先で撫でてやると、マメルリハは気持ちょよさそうに目を細めた。

玄関ではなく押し入れに向かい、また襖を開けるとダンボールの積まれた暗い空間はなく、眩《まばゆ》いばかりの夏の陽射《ひざ》しが流れ込んでくる。

ゆるやかな風に濃い緑が揺れていた。周囲の木々には圧倒《あっとう》される数の鳥が止まり、琳也を見下ろしている。カラフルなコンゴウインコにラブバード、ヨウムにセキセイインコにオカメインコ……。

――ここは名もなき南の島。今では琳也しか渡る方法を知らない秘密の場所だ。

ただいまと言うと、ぴいちいぎゃあぎゃあと賑やかな鳴き声が上がった。

――おかえりーっ！

――まってたよ、まってたよ？

――これからはずーっといっしょだね、りんりん？

――おなかへった……。

空いていた方の肩に淡いブルーのセキセイインコが止まり、琳也の耳たぶを甘噛みする。

「熱烈な歓迎、ありがとう、ありがとう。遊んでやりたいのはやまやまだけど、久しぶりだから先に里長《さとおさ》に挨拶《あいさつ》しに行かないと。あ、そういや俺の嫁さんが見つかったって聞いたんだけど、どんな子か知ってる？」

琳也がいるのは、島のメインストリートを上ってきた終点にあるちょっとした広場だった。背後にあるのは誰も住まなくなって久しい掘っ立て小屋だ。里長を訪ねる時、琳也は大抵ここの扉を使う。

広場の奥にある一際《ひときわ》立派な建物が里長の家だ。屋根の頂点は驚くほど高く、尖った三角形の前面にはびっしりとプリミティブな文様《もんよう》が描かれている。

琳也は広場を突っ切り、失礼しますと声をかけてから中に入った。

ひんやりとした空気に膚がそそけだつ。里長の屋敷の中は真っ暗だった。入口から差し込む光が届く僅《わず》かな範囲を除き、異様なほど濃くねっとりとした闇が充満している。

闇の手前で立ち止まると、琳也は畏《かしこ》まって頭を下げた。

「えーと、お久しぶりです」

闇の奥からごぽりと、深い井戸の中から泡が立ち上るような音が生《しょう》じる。不思議なことにこの無機質な音から、琳也たちは里長の意を汲《く》み取ることができた。

「やだなあ、ここのことを忘れていたわけないじゃありませんか。単に忙しくて、来たくても来られなかったんですって」

初めてじいちゃんに連れられてここに来た時、琳也は里長を不気味《ぶきみ》だと思った。だが、もう慣れて何も感じない。

「いや本当に、向こうで働くって大変なんです！　休みの日には来るつもりだったんですけど、もー疲れ果てちゃってそれどころじゃなくって。俺、本当にこっちで暮らせる日を心待ちにしてたんですよ？」

――この島がどこにあるのか、琳也は知らない。

現実に存在するのかもしれないし、しないのかもしれない。

いずれにせよ、琳也はここが好きだった。現実世界よりも、ずっと。

「え、今、川にいるんですか？　じゃあちょっと挨拶しに行ってきます。帰ってくるのを悠長に待ってなんかいられません。だって俺、すっごい楽しみにしてたんですよ？　――マイハニーと会える日を、片翼《かたよく》の印《しるし》が浮かび上がってきた時からずっと……」

琳也の背中にはトライバル・タトゥーに似た妙な痣《あざ》があった。それも左側だけ。

十才の時、銭湯《せんとう》でじいちゃんがこれに気がつき――じいちゃんに言われるまで、琳也はそんな印が背中にあることにまったく気づいていなかった――片翼の印だと教えてくれた。

運命で結びつけられた伴侶《はんりょ》を持つ特別な存在であることを示しているらしい。

じいちゃんの背中にも同じ印があった。じいちゃんはばあちゃんと出会ってからそれはそれは幸せな日々を送ってきたのだと言う。

琳也はじいちゃんの話に夢中になった。だってずっと思ってたのだ。なんでパパとママは離婚したんだろうって。でも、片翼の印の説明を聞いてようやく納得できた。パパとママの背中には片翼の印がなかった。運命の相手じゃなかったから二人は別れて、運命の相手との間にできた子じゃなかったから琳也は置いて行かれたのだ。

「仕事は色々あって先日辞めたんで、これからはこっちでのんびりするつもりです。で、あの、住む場所についてなんですけど――は？　いや、いきなり同居とか無理でしょう！　いくら伴侶となる運命にあるとはいえ、まだ会ったことさえない相手ですよ？　いや、ヤダっていうわけじゃなくて、礼儀としてワンクッションくらいおかないと、その、俺も心の準備がいるってゆーか……」

いきなり嫁と一緒に住めばいいと言いだした里長に焦っていると、闇の中からぴょこりと一羽の小鳥が現れた。

――いっしょ、いく？

こてんと傾けた頭の上で黄色い冠羽《かんう》が揺れる。赤いほっぺたがなんともキュートなルチノーのオカメインコは、鳥たちの中でもとりわけ琳也と仲がいい。

「え、案内してくれるの？　ありがとう。――じゃあ、お言葉に甘えてちょっと行ってきます。泊まる場所については後でまたお願いに上がるってことで。色々とありがとうございました―！」

勢いよく頭を下げると、オカメインコがぱたぱたと羽ばたき琳也の肩にちょこんと止まった。

外に出ると明るい陽射しが目を灼《や》き、膚に纏わりつく湿った暗さを駆逐《くちく》する。

「まぶしーッ！」

そろそろと目を開け横を見ると、肩の上のオカメインコも翼を膨らませぎゅっと目を瞑《つぶ》っていた。

ふへ、と笑いが込み上げてくる。

――これから俺の人生は薔薇色《ばらいろ》だ！

密林の向こうできらめく青い海に向かって足取りも軽く歩きだす。家々の立ち並ぶ坂道を下ると、異形《いぎょう》たちで賑わう市場に出た。

腰ほどの身長しかない立って歩く蛙《かえる》――ポンチョのような上着を着込み、顔にはカラフルな顔料で線が書いてある――や、巨大な鹿《しか》、ここで買ったらしい二メートルもあるサメを担《かつ》いでゆく仮面をつけた男たち。大抵は半裸《はんら》だが、中にはトーガを纏った西洋人や、神《かん》主《ぬし》のような姿で狐《きつね》の面をつけた男なども交じっている。

古い顔馴染《かおなじ》みを見つけるたび、琳也は大きく手を振り挨拶した。

「久しぶりー！」

注意を引くために雑踏《ざっとう》の中でぴょんぴょん跳ねる琳也に、牛の頭を持つ巨漢《きょかん》が剛胆に笑う。

「おう、久しぶり。ご機嫌じゃねえか、琳也」

「変わっていませんねえ、琳也。人間は成長すれば落ち着く生き物だと思ってたんですが、例外もあるんですね」

「辛辣《しんらつ》！」

剃り上げた頭皮から裸の上半身まで奇妙に蠢《うごめ》くトライバル・タトゥーで埋め尽くされた男のコメントに、琳也は胸を押さえ大仰《おおぎょう》によろめいてみせる。

会話の間も足は止めない。知らない異形にぶつかりそうになり踊るような足取りで避けると、振り落とされそうになったオカメインコがちゅりちゅりと抗議した。

「なんだなんだァ？　浮かれているなあ」

笑われたってかまわない。だってもうすぐ運命の人と会えるのだ！

市場を抜け、さらに坂道を下ってゆく。坂の終点にあるのは海だ。

ここは四方を海で囲まれた孤島だった。南東寄りに山があり、その北側の中腹から真北へとまっすぐに延びているのがこのメインストリートだ。里長の屋敷が一番標高が高い始点にあり、そう多くない住民のほとんどもこの道沿いに住んでいた。

この島の住民はすべて異形だ。じいちゃんが死んでから人間は琳也一人だけ。でも、今日からは違う。

オカメインコに言われるまま、海に到達するより早く道から外れ密林の中へと踏み込んだ。道なき道を行くと、縦横に伸びた枝葉が膚を打つ。足場の悪さによろめくたび、オカメインコは振り落とされまいと羽ばたき、琳也の顔をぱたぱたと叩《はた》いた。

「痛いっ、痛いって、……あ！」

——あぶないっ。

太い枝に叩き落とされそうになったオカメインコがついに飛び立つ。だが、足下を覆《おお》う羊歯《しだ》に気をとられていた琳也は枝に気づかず顔面を強打してしまい膝を突いた。

「立て……立つんだ……俺っ、うう……」

痛みに涙目になったものの、己を叱咤《しった》し立ち上がる。

——りんりん、こっち。

「もー、こっちじゃないだろー。狡《ずる》いよ、自分だけ飛んでくなんて……」

随分と先に行ってしまった友人を追い、琳也はよろよろと足を進める。

膚の表面を幾筋も汗が流れ落ちてゆく。空気が湿っていて熱い。

俺のハニーはどんな人なんだろう。

琳也は苦心して前進しながら夢想《むそう》する。

童顔巨乳だったら最高だけど、俺はちっぱいもおいしくいただけるし眼鏡《めがね》のおねーさんタイプにも弱くないとは言えない。ふくよかな子はやーらかそうで好きだし、スレンダーな子の手首の細さにだってぐっとくる。要はどんなルックスをしてたってかまわない。俺のことを好きになってくれさえすれば……。

「ぜえ……はあ……」

オカメインコの止まる木が徐々に鮮明に見えてくる。枝の向こうは明るい。すぐ後ろが川縁《かわべり》になっており、陽が差しているのだ。

そのうち琳也はオカメインコのすぐ横で黒いものがひらひらしているのに気がついた。

「あれって……Tシャツ……？　あ、もしかして、服を脱いで水浴びしてる……!?」

ぐわっと心拍数が上がる。

き、期待しては駄目《だめ》だ。そんな幸運……じゃなくてええと、事故？　なんて万に一つもあるわけない。それにいくらいずれ嫁になる相手だとはいえ覗《のぞ》くのはよくない。

木の幹に手を突き一息入れる琳也に悪魔が囁《ささや》く。

俺はTシャツに気づかなかったのだ。あるいは、まさかこんなところで裸になっている人がいるとは思わなかったということにすればいい。大体覗き禁止とかどこにも書いてないし？　川はいわば公共の場だし。こんなところで裸になる方が悪いってことで。

それに琳也は、見てみたかった。琳也の運命であるという印を。

躯《からだ》を低くし、足音を忍ばせて残りの距離を詰める。大きな木の幹に隠れ、そっと向こう側を覗くと――――いた。

まさかの水浴びシーンに、琳也は思わず片手で口元を押さえる。

バーベキューをするのにちょうどよさそうな河原に挟まれた川の中央に、みぞおちまで浸《つ》かって立っている人がいた。もちろん裸で、こんがりと灼けた膚の上で水滴がきらきら光っている。肩幅は広く、引き締まった腹筋はいかにも硬そう。そして胸は――――ない。

「男じゃねーか！」

がっくりきた琳也は、オカメインコに突っ込みを入れた。

実にいい躯をしているが、男なんて論外だ。

目を凝らしてみるが他に人影はない。男はこちらを向き、じっとしている。この男が琳也の嫁ということはないと思いたいが、厭な予感がした。念のために背中に片翼の印がないことを確認しておきたい。

あっちを向け……あっちを向け……。

そう一心に祈るも、男は背中を見せるどころか水に潜《もぐ》って見えなくなってしまう。

「どういうことだよ！　俺の嫁はどこだよ！」

琳也の抗議に、オカメインコはチチ、と鳴いて頭を傾けた。

――りんりんのはにー、いた。ぱしゃぱしゃ、してた。

「ふざけんな、あんなのが俺の嫁なわけないだろーが」

――なんで？

「何でって、俺も男なんだぜ!?　いくら男前でも無理。てゆーかあんたら、本気で――」

その時だった。背後から逞《たくま》しい腕が伸びてきた。

喉を絞め上げられ、琳也は仰天する。

「Freeze《動くな》!」

重々しい声音と共に首筋に冷たいものが突きつけられた。

「なっ、何!?　何なわけ!?」

「何だ、日本人か。聞きたいことは山ほどあるが――まず、おまえは何者だ。ここで何をしていた」

「何って、別に、悪いことは――」

鋭い痛みに、肩が勝手に跳ねる。

「痛いっ！　何、今の!?　痛かったんだけど、まさかナイフ!?　切ったのか、マジで！」

反射的に首筋を探った指先は血に濡れていた。

クレイジーだ。

どうして男の水浴びを覗いただけで、こんな目に遭わねばならないのだろう。

「もっと痛い目に遭いたくなければ、さっさと質問に答えろ」

琳也の手を染める赤が見えないわけじゃないだろうに、男は落ち着き払っている。それが何だかひどく恐ろしい。

「や、やめて、やめて、ください。お、俺の名前は須々木《すずき》琳也ですっ。俺はただ、片翼の印があるかどうか知りたかっただけで、本当に、別に何も……」

「片翼の印？　何だそれは」

「えーと、痣、なのかな？　背中に浮き出たトライバル・タトゥーみたいな……翼の文様？」

「そんなものはないが、それがあると何だと言うんだ？」

「いや、ないとは思うんだけどあったらその……俺の運命の伴侶確定、みたいな？」

「は？　何を言っているんだ、おまえ」

「何って……」

冷静に突っ込まれ、琳也は言葉を失った。今更ではあるが、自分の言っていることが極めて電波じみているのに気づいてしまったのだ。
「し、信じられないかもしれないけど、俺のじいちゃんが……」
そうだ。じいちゃんがそう言った。その時琳也は十歳で、何一つ疑《うたが》わなかった。だって
じいちゃんが嘘つくわけない。
じわ、と目が潤んでくる。
「じいちゃんが、言ったんだ。その人に巡り会えれば、俺は幸せになれるって……」
仕方ないでしょう。稼がなきゃならないのに子供の面倒なんて見てらんないの。ママは
そう言って琳也をじいちゃんの家に捨てていった。誰が言いふらしたのか新しい学校の子
たちは皆、琳也の家の事情を知っていて、何かあるとそんなだから親に捨てられるんだと
馬鹿にし、あるいは可哀想《かわいそう》な子なんだから優しくしてあげなきゃと見下した。
だから琳也は毎日終了の鐘が鳴ると同時に学校を飛び出し島に来るようになった。学校
の友達と遊ぶより、密林の中で蝶を追ったり鳥たちとお喋りするほうが断然面白い。学校
の友達とはますます馴染めなくなってしまったけれど平気だ。だって琳也には、運命で結
びつけられた伴侶がいて、いつかうんと幸せになれると決まってる。他の子たちはオトナ
になってケッコンしてもリコンするかもしれないけど、琳也はしない。
琳也は特別な存在なのだ。

「――あの、背中、見せてよ。俺、ずっと片翼の印がある人を捜していたんだ。違うなら違うとこの目で確かめてスッキリしたい……」

もうすぐ、夜が来る。

「ふん」

乱暴に突き放されその場にひっくり返った琳也は、枯れ葉を頭やシャツにくっつけたまま上半身を起こして男を見上げた。

顔立ちだけ見れば、男は男前だった。膚は陽に灼けて褐色《かっしょく》、躯つきは逞しく、頼もしい。

だが、琳也を見下ろす男の目は底なしの洞《うろ》のようだった。放たれる光はどこか鈍く、人間らしい暖かみが欠片も感じられない。

冷たい汗が背筋を伝う。この男は今まで琳也の会ったことのある『怖い人』とは根本的に違う気がした。

――ででも、印などないってこの人は言ったし。俺の嫁さんじゃないならもう、関わる必要もない……。

背を向けた隙に何かされるのを警戒したのか、男は二歩ほど下がって距離を開けてから躯の向きを変えた。

ちらちらと揺れる木漏《こも》れ日《び》に映し出された背を見た琳也は絶望的な呻《うめ》き声を上げる。片翼の印があった。

——そうだよ。俺も銭湯で指摘されるまで、印の出現に気づかなかったんじゃないか！

——じゃあ、この人が俺の運命の相手——？

震える手で携帯を取り出し写真を撮る。男が獣の素早さで振り返り、琳也の手から携帯をひったくった。表示されている自分の背中の画像を見て、眉を顰める。

「何だこれは。新手《あらて》のアプリか？」

琳也は首を振った。

「違う。本当にあんたの背中にあるんだ、これが」

「トライバル・タトゥーなど彫った覚えはない」

「入れ墨じゃないよ。勝手に浮かび上がってくるんだ。俺の時もそうだった」

男が琳也を見た。

「は。ではおまえが俺の運命の伴侶だと？」

「えーと、あの……とりあえず、落ち着こ？」

へらりと愛想笑いを浮かべた琳也の頭のてっぺんから爪先まで男の視線が舐《な》めてゆく。大型の肉食獣に品定《しなさだ》めされているような気分だ。

――うう、怖いいい……。

男が己を押さえつけるようにゆっくりと息を吐き、手近の木の葉でナイフの刃を拭《ぬぐ》う。それからひょいとナイフを投げ半回転させて柄を持ち直すと、ベルトに差してあった鞘《さや》に納めた。

鮮やかな早業が教える。この男はナイフの扱いに長けていると。

「俺を誘惑したいなら、もっと色気をつけてこい」

「誘惑なんかしてないし！」

反射的に言い返すとぎろりと睨まれ、琳也は慌てて口元を押さえた。

俺は馬鹿か。相手はナイフを持っているのに！

枝にひっかけてあったTシャツに頭を通した男が、琳也の肘を掴み引っ張り立たせる。

「えっ、えっ、何？」

「おまえはここの事情に通じているようだな」

「そんなことない……ってゆーか、普通だけど……」

片手で男が引き下ろしたシャツは随分とくたびれていた。枝にひっかけたような穴がいくつも開いている。

「この島は何なんだ？　monster《化け物》がまるで人のように暮らしている。海岸には船の一隻《いっせき》もない」

男は英単語の部分だけやたらと発音がよかった。

「モンスターなんて言い方はどうかと思う。そりゃ確かにあいつらの見た目は異様だけど、つきあってみれば案外いい奴ばかりだし」

男の目つきが鋭さを増し、琳也は思わず目を逸らす。

「ええっとそれから、この島がどこにあるのかについては、俺は知らない。船は誰も使ってないいんだと思う」

おそらく琳也同様、異形たちは船など必要としないのだ。

「なるほど、わかった。——来い」

男が川に背を向けて歩きだす。肘を引っ張られ、琳也も転びそうになりつつ従った。

「えーと、この手は一体……？」

「もっと落ち着けるところに移動する。聞きたいことが山ほどある」

「あっ、なーる。まあ、それはいいんだけど……っとと」

大股に歩く男の足取りは速く、悪路《あくろ》をものともしない。一方、大学を卒業してから仕事仕事でろくに躯を動かしていなかった琳也はぜえはあと息を切らし、時折木の根や岩に足を取られて転びそうになっては男の力強い腕に支えられていた。ペースを落としたくとも、男は琳也の肘を放してくれない。ほとんど引きずられるようにして、島のメインストリートの近くまで戻る。

異形の住民たちとの遭遇を恐れてか、男は熱帯らしく開放的な家々が並ぶ集落や賑わう市場を大きく迂回《うかい》し密林の中を歩いた。一軒だけある和風の家の裏まで来ると、中へと入ってゆく。

「え。なんでここ!?」

ここはじいちゃんが島に来ると使っていた家だった。二階建てで、一階は飯屋《めしや》になっている。昔は外で異形や鳥たちと飽きるまで遊んで帰ると、炊きたてのご飯と出汁《だし》のたまらないにおいが充満する中、じいちゃんが包丁《ほうちょう》の音を響かせていたものだった。じいちゃんがいなくなってからは封鎖されていたが、琳也は今もここを自分の家とみなしている。

「でかいオウムに案内された。ここで飯屋をやれと。以来ねぐらとして使っているが、意味がわからん。なぜあいつらは俺に飯屋をやらせようとする」

「わかんないけど、人間だからかも。前にこの飯屋やってたの、俺のじいちゃんだし」

縁側から座敷に上がると、男は座布団の上でどっかとあぐらをかいた。顎《あご》で促され、琳也も向かい合って正座する。怖くて目を合わせられず、上目遣いにちらちらと男を盗み見ているとじろりとねめつけられ、琳也は慌てて膝先に視線を落とした。

「おまえはいつからここにいる」

おもむろに切り出した男に、琳也は急いで答えた。

「十歳の時から通ってたかな。ここ一年くらいは仕事仕事で全然来られなかったけど」

膝に置かれていた男の指先がぴくりと動く。

「待て。おまえは自由に外と島とを行き来できるのか？」

「うん。――ぎゃっ」

いきなり顔の下半分を鷲掴みにされ、琳也は竦《すく》み上がった。

「俺を元の場所に返せ。今すぐだ」

顔を寄せて命令する男の声音はまるで獣の唸《うな》り声のようだ。

「わ、わはっ《わかっ》はは《たか》ら《ら》、はら《はな》せ《せ》」

敵意に満ちた態度に哀しくなる。同性とはいえ琳也の運命の相手のはずなのに、どうしてこの男の態度はこうも刺々《とげとげ》しいのだろう。

乱暴に突き放されしょんぼりと立ち上がると、琳也は廊下と座敷を仕切っている襖を一旦閉めた。

「移動するのなんか簡単だよ。行きたい場所を思い浮かべながらこーすれば……あれ？」

再び襖を開けると、先刻と同じ廊下が現れる。首を捻り、琳也は襖を開けたり閉めたりした。襖が悪いのかと、飯屋に繋《つな》がる板戸でも試すが結果は変わらない。

「っかしーな。なんで駄目なんだろ」

考え込んでいると視界が翳《かげ》った。すぐ背後に男がうっそりと立っている。

「どうした」

「……あ────。ごめん、なんか駄目みたい……」

摺《す》り足《あし》で横に逃げようとすると、褐色の拳が大きな音を立てて壁に打ちつけられ行く手を遮った。

「俺を騙そうとしているんじゃないだろうな」

琳也は力一杯首を振る。

「滅相《めっそう》もない！」

「ではどうにかしろ」

「そんなこと言われても……。そうだ、あんたに睨《にら》まれて緊張しちゃってるせいでできないのかも……」

「ほう?」

生温かい息がうなじに触れる。

「そっ、そう言えば、じいちゃんが言ってた。ばあちゃんと出会った後、しばらくどこにも行けなくなってしまって困ったたって。まあ、その間に仲が深まって結果オーライだったみたい……だけど……」

腕を腹に回され、琳也は息を飲んだ。

「えーと……何この体勢……」

「つまり、おまえを抱け、ということか」

ざわりと膚が粟立《あわだ》った。

「別にそんなコト、言ってない！」

とっさに膝を折り下から男の腕をかいくぐろうとするとシャツを掴まれる。

男が低く嗤《わら》った。

「厭がるフリなどやめろ。俺としたいんだろう？　最初からおまえは舐めるような目で俺を見ていた」

――それは片翼の印を確認したかったからだ。他意はない。

「この家に来てからも、ちらちら秋波《しゅうは》を送ってきたし……」

それだって怖くて目を合わせられなかっただけ。向こうに扉が繋がらないのもわざとじゃない。

「ご、誤解だ……っ」

「運命の相手などといういかにもな作り話までしておいて何を言っている」

「ええ？　そこから!?」

男の無骨《ぶこつ》な指が直に腹に触れる。

「キャー！」

「抱けというなら、抱いてやってもかまわない。一ヶ月もこんなところに閉じ込められて俺も溜まっているからな。だが、終わったら元の場所に戻すと約束しろ」

琳也は涙目で首を振った。

「無理っ！」

「同じ場所でなくともかまわん。State への足が確保できるなら」

「えっ、何？　よくわかんないけど、とにかく無理だと思う」

ジーンズの上から股間を掴まれ、琳也は握り潰される恐怖に目を潤ませる。

「さっき繋がらなかったってことは、御方《おんかた》はあんたを帰すつもりがないんだ」

「御方？」

「この島で一番偉い存在。この島のどこかにいる、らしい。俺もまだ見たことないけど、島の森羅万象《しんらばんしょう》を支配してるって聞いた」

「それはすごい」

ふっと男が嗤う。

しまったと琳也は思った。また法螺《ほら》を吹いていると思われたらしい。ここはそういう場所なのに！

「いい加減、くだらん作り話は止めろ」

肩に担ぎ上げられ、琳也は半泣きになった。

「下ろせ！　誰か！　助けて！　犯される――！」

力の限り暴れてみたものの、男の腕は揺るがない。悠々と板戸を開けて厨房《ちゅうぼう》に入り、カウンターの端に置いてあったバックパックを掴んで逆さにする。うっすらと埃《ほこり》を被った白木の上に入っていたものがぶちまけられ――琳也は瞠目《どうもく》した。くたびれた文庫本や財布に交じってごとりと大きな音を立てて落ちたモノは、銃のように見えた。

嘘……。

避妊具《ひにんぐ》のパッケージを掴み出したものの空《から》だったらしい。放り出すと、男は後片づけもせず厨房を後にした。狭苦しい階段を上ってゆく。二階にあるのは寝間《ねま》だ。

――いつもは先に家へと帰されたけれど、学校のない週末だけじいちゃんは琳也が島に泊まるのを許してくれた。布団《ふとん》を並べて敷いて先に寝ていると、飯屋を閉めたじいちゃんが静かに階段を上ってくる。寝たふりをした琳也のタオルケットをかけ直すと、じいちゃんは必ず琳也の頬にそっと触れた。大事そうに。どこか痛そうな顔をして。

「おとなしくしていないと酷くするぞ。それともそういうプレイが好みか」

ここは琳也にとって安全で優しい場所であったはずなのに。

――じいちゃんとの思い出が、凌辱《りょうじょく》される。

敷きっぱなしになっていた布団に下ろされ、琳也は即座に跳ね起きようとした。だが、体重をかけて押さえつけられ、気に入りのシャツを引き裂かれる。

ことここに至って、琳也はようやく気づいた。

男は激怒《げきど》していた。

きっと本当に何の予備知識もなくこの世界へ放り込まれたのだろう。この男は慣れ親しんできたすべてから引き離された怒りをぶつける先を探していたのだ。

下着ごとジーンズが引き下ろされ、俯《うつぶ》せにひっくり返される。尻を掴まれ、親指で押し広げられた後孔が冷たいものに濡らされた。

「ひゃっ、な、何……!?」

返事の代わりに枕元に置かれたのはオリーブオイルの瓶だった。厨房に行った時に取ってきたのだろう。この男は本当に琳也を犯《ヤ》る気なのだ。

「いやだ……!」

——片翼の印を持つ人と出会えたら、絵に描いたような幸せを得られるんだと思ってた。それがどんな女の子でもうんと優しくしてあげるつもりだった。じいちゃんたちみたいに飯屋を切り盛りして、ひたすらに穏やかな日々を送って。でも、夢は夢でしかなかった。

ぬく、と太い指を押し込まれ、琳也はひいと悲鳴を上げる。

「力を抜け。そろそろ嫌がるふりを止めろ。興醒《きょうざ》めだ」

そう命じる男の声に優しさなど欠片もない。だが、脅《おど》されたところで言われた通りになどできるわけがなかった。

だって、怖い。

恐怖のあまり舌すら麻痺《まひ》してしまいふるふると首を振ると、腰を持ち上げられ、膝を突かされた。剥《む》き出《だ》しになった尻孔に、かあっと顔が熱くなる。

助けて……、助けて……！

心の中で翼のある友人たちに助けを求める。彼らは呼べばいつでも現れた。じいちゃんと暮らしていた家にも、進学と同時に移り住んだアパートにも、会社にも学校にも。来るなと言っても押しかけてきたくらいなのに、今日に限って一羽として駆けつけてきてくれない。

布団の上を這いずって逃げようとするも、足首を掴んであっけなく引き戻された。力なく萎《しお》れた肉茎《にっけい》にオリーブオイルを塗り広げられる。

「あ……や……！」

感じやすい皮膚の表面にぬるぬると掌《てのひら》を滑らされると腰が震えた。

「そうだ……緩めろ……」

囁くような声がいやにいやらしく耳に響く。

先端の割れ目をオイルでぬめる指の腹でくるくるといじめられたらじっとなんかしていられない。動いては駄目だと唇を噛んでも、腰が淫《みだ》らに揺れてしまう。

「や、あ……っ」

尻に埋め込まれた指にゆうるりと肉壁を押し上げられ、琳也は布団を鷲掴んだ。

耐えがたい不快感に溢れた涙でシーツの色が変わってゆく。

「は……っ、は……っ」

男の指は何かを探しているかのようだった。慎重に同じところばかりをさまよっている。

何か――？　一体、何を――？

「……っ！」

唐突に腰が跳ねた。

或《あ》る一点を押された刹那《せつな》、じいんと未知の痺《しび》れが下腹部に広がったのだ。

「ここか」

男が残忍に笑ったのが、舌なめずりするような声音でわかった。

己の躯に何が起こっているのかわからず、琳也は脅える。

男は尻の中で指を無遠慮に動かし始めた。

痛いし、苦しい。

でも、耐えきれないと思うたび、男の指がソコに触れた。ぐうっと押し込まれると、甘いうねりが全身を走り抜け――力が、抜ける。

何、これ。

なんか……凄い……？

自分の躯が変わってゆくのが如実《にょじつ》にわかった。

何度も何度もはらわたを探られ、無垢《むく》だった肉襞がやわらかく緩んでゆく。ペニスは震えながら頭をもたげ、蜜《みつ》を分泌《ぶんぴつ》し始めた。

――変だ……。俺、感じてる……？　こんなに厳《いか》つい男に好きなように尻をいじられて……ゲイでもないのに……。

「そろそろ、いいか」

いつの間にか三本も埋め込まれていた指が抜かれ、琳也は低く呻いた。

危機感が一気に高まる。

この男は何をしようとしている？

容易《ようい》に予想がついたが信じたくなくて、琳也はもがいた。

「よくない……っ、いやだ、やめて……っ」

だが、男は琳也の懇願《こんがん》に耳を貸してくれなかった。膝が更に大きく割られ、腰を掴まれる。熱く凶悪なモノが緩んだ入り口に押し当てられ、そして——

「————っ！」

これまでとは比べものにならない太さと硬さを持つモノをねじ込まれた衝撃に、琳也は目を見開いた。

「きつい、な。もっと緩めろ」

何も耳に入らない。

反り返った背骨が軋《きし》んでいる。

どうして？　どうして、こんな——。

認めがたい現実に、琳也の中で何かがぱちんと弾け飛んだ。

「やだ、いやだ……っ、助けて、じいちゃん……！　じいちゃん……っ！」

俺は、何を言っているんだろう。

じいちゃんはもういないのに。

更に深く雄を押し込もうとしていた男の動きがようやく止まる。

後ろから伸びてきた手が顎を掴み、無理矢理背後を振り向かせた。涙でべたべたになった琳也の顔を見た男が、眉を顰《ひそ》める。

「――なんだ、本気で嫌がっていたのか」

胸を抉《えぐ》られたような気がした。

――俺は最初からそう言っていたのに……。

男がシーツを引っ張り涙を拭いてくれる。

「ここを使うのは初めてか？」

尻肉を揉まれ、琳也はこくりと頷いた。もはや罵《のの》しる気力もなかった。

「なるほど。きつくて当然、というわけだ」

思案げに男が顎を撫でる。

琳也はほっとした。酷い目に遭わされたものの、これでもう解放されるのだと思った。

しかし、違った。

「残念だが、もう収まりがつかない。最後までつきあえ」

「ここはごめんなさいして、抜いてくれるところじゃないの!?」

「もう入っている。ここで止めても最後までヤっても同じだ」

「全然違うから！　抜いて！　お願いだから……っ」

だが、男は鬼だった。

串刺しにされたまま仰向けに体勢を変えられる。その拍子《ひょうし》に腹の中の変な場所を雄でえぐられ、琳也は低く呻いた。

「も……や、だ……」

「大丈夫だ。ちゃんとよくしてやる」

そんなこと、求めていない。

「大丈夫。大丈夫だ」

男がまるで子供をあやすように耳元で繰り返す。涙で濡れた頬に掌が添えられた。

——優しい声と仕草に心が震える。

男の掌は荒れてがさがさしていた。

微《かす》かに残る苦い煙草の香り。

撫でる手つきときたら、何とも愛おしげで。

——じいちゃん。

なぜかじいちゃんのことを思い出してしまい、琳也は狼狽《うろた》えた。こんな人非人《にんぴにん》とじいちゃんに似たところなんて一つもないのに、見た目に反したものやわらかな愛撫に、奇妙に心が揺さぶられる。

じいちゃんのせいだと琳也は思う。五年前にじいちゃんが死んでしまってから、琳也はひとりぼっちだった。心を許せる人もおらず、淋しくて、淋しくて。――だからこんな男にちょっと優しく触れられただけで、胸が締めつけられるように痛くなってしまうのだ。

男の顔が近づいてくる。

反射的に目を瞑ってすぐ、口がやわらかなもので塞がれた。ごく軽く唇をついばまれ、琳也は理解する。くちづけられているのだと。

俺のファーストキス……。

琳也がかたまってしまったのをいいことに、男が舌まで捻じ込んでくる。

どう、しよ。どうしたら、いいんだろ。どうしたら――。

「ん……ふ……っ」

深く挿し入れられていた舌が抜かれ、陶酔《とうすい》した息を吐いた時だった。男がぐいと腰をしゃくり、半ばまでしか入っていなかったモノを根元まで突き入れた。

「い……っ」

誰にも許したことのない奥まで押し開かれる痛みは苛烈《かれつ》だった。

「……た……っ、い……！」

硬直した琳也の目元を男が吸う。

「大丈夫だ。もう全部入った。もう痛いことはしない」

「あ……ほ、本当に、痛くしない……？」

「ああ。――少ししかな」

――こいつ！

手慣れていると感じた。相手の気持ちをどうすれば掻き乱せるか、この男はよく知っている。きっと優しい手つきもあやすような愛撫《あいぶ》も好意から来るものではなく、単なる手管《てくだ》だ。

――知ってた、そんなこと。最初から、ぜんぶ。

哀しい気持ちが胸を塗り潰す。

ほろほろと涙が溢れ、止まらない。

「泣くな」

背中を丸めた男に胸の先にキスされ、琳也は小さく身をよじった。

「何……？」

今まで存在さえろくに意識していなかった小さな粒に舌で悪戯《いたずら》されるたび、ちりちりと

神経がそそけ立つような感覚が湧き起こる。

──気持ち、い……。

声を上げてしまうほどではないものの、ソコを可愛がられるとすごくえっちな気分になった。

──あ、でも……。

根気よく愛撫され、やわらかかった乳首が凝《しこ》ってくるにつれ、感じ方が変わってくる。軽く歯を立てられると、なんとも甘やかな痺れがじいんと躯の芯まで響いてたまらない。

「やあ……」

──俺、胸で感じている……？

気づいてしまったら、かあっと体温が上がった。女の子ならともかく、男が胸で感じるなんて聞いたことがない。

反応が変わったことに気がついた男がにやりと意地悪く笑う。乳首に犬歯《けんし》を突き立てられ、琳也は腰を浮かせた。

「あ、ン……っ」

こんなの、おかしいのに。

こみ上げてくる衝動《しょうどう》を、琳也は皺《しわ》だらけになったシーツを噛みしめ耐える。

「もう良さそうだな」

「あう……っ」

男が腰を使い始めた。

揺さぶられ、琳也は必死に初めての感覚を御《ぎょ》そうとする。

予期していたほど痛くはなかった。

ただ、苦しい。ぬるぬると自分の中を男の肉棒が行き来している感覚が生々《なまなま》しくて空恐ろしいような気分になる。

腹側の肉襞を擦り上げるようにして雄を叩き込まれた時だった。

「ひ……あ……っ」

虹色の花火が躯の中で爆発した。爪先まで駆け抜けた強烈な快楽に、琳也は四肢《しし》を突っ張り、悶絶《もんぜつ》する。

なに、これ……！

涙に濡れた目に琳也を組み敷いている男が唇を舐めるさまが映った。またソコを突くつもりなのだ。

「い……いや……」

琳也は闇雲《やみくも》にもがいた。でも、腹の中を串刺しにされた状態では、逃げることなどできようはずもなくて。

ずん、と打ち込まれたモノにもろにソコを叩かれ、琳也は細い悲鳴を上げる。

「やあ……っ」

――――イイ。

「……いいぞ」

男がガツガツと琳也を突き上げ始める。男の腰は逞しく、その動きは的確だった。突かれるたびに強烈な快楽に襲われ、琳也は為《な》す術《すべ》もなくよがり、泣く。

「あ、や……っ、だめ……っ、あ、あ、ひ、ああ……っ！」

なんで……どうして。俺は、男なのに。こんなこと、されたくなかったはずなのに……。

中がびくびくと震えるのを止められない。男の動きに合わせて勝手に腰がしなる。より具合がよくなるよう――ソコを抉ってもらえるよう、雄を深くくわえこもうとしてしまう。

「初めてにしては、いい反応だ」

「あ……っ、やめ……っ、ゆるして、あっ、あ……っ」

男の手に股間をまさぐられ、絶望的な気分に陥《おちい》った。いつの間にか硬く張りつめていたソレを荒っぽく扱かれれば、すでに十二分に高ぶっていた躯が一気に上り詰め、頂きに達する。

「ひあ……っ」

出してしまう。男の手の中で。

一際強く引き絞られた肉筒の中に強く雄の存在を感じた。ひく、ひくと蠕動《ぜんどう》するたびに響く甘やかな感覚に、恍惚《こうこつ》としてしまう。

何これ、凄い……。

「……は、他愛《たわい》もない」

いまだ達した余韻《よいん》に震えている唇を男が吸う。中で、欲に滾《たぎ》ったままの肉棒がずるりと動いたのを感じ、琳也は弱々しく首を振った。

「や……だ。も、ゆるして……っ」

律動が再開される。

琳也のソコはすっかり蕩《とろ》け、男をくわえこむことに慣れてしまったようだった。いやなはずなのに、男が動き始めると喘いでしまう。どう動かれても、何をされても感じてしまってどうにもならない。

「あ……っ、や、ん、ああ……っ」

初めての快楽に啜《すす》り泣く琳也を男は満足するまで蹂躙《じゅうりん》した。最後には腹の上に精液をぶちまけられ、琳也は膚の上に飛び散る熱に屈服《くっぷく》させられたと感じた。躯だけではなく心まで、全部。

+ + +

翌朝目覚めた琳也はしばらく布団の中でぼーっとしていた。

なかなか頭がはっきりしない上、躯のあちこちが痛む。

昨日、筋肉痛になるようなコトしたっけなどとのんきに考えながら寝返りを打とうとして、琳也はかたまった。

「尻が痛い……」

一気に記憶が蘇り真っ青になる。大急ぎで室内を見回して男の姿がないことを確認すると、琳也は両手で顔を覆った。

死にたいような気分だ。

なかったことにしたかったが躯の奥に残る鈍痛が現実逃避を許してくれない。執拗《しつよう》に男に嬲《なぶ》られた躯はまだ熱を持っているようだ。いつ行為が終わったのか記憶が定かではないのも怖い。

鳥たちは最後まで助けに来てはくれなかった。

――友達だと思っていたのに。

片翼の印を持つ、琳也の伴侶になるはずだった存在は、容赦《ようしゃ》なく琳也を凌辱《りょうじょく》した。

「じいちゃんの、嘘つき……」

よろよろと立ち上がり、枕元にきちんと畳んであった服を着込む。破かれたシャツの代わりに置かれていた麻の半袖シャツは、部屋のタンスを漁《あさ》って調達したに違いない。じいちゃんが着ていたのを見たことがあるもので、涙腺《るいせん》を変に刺激されてしまった琳也は忙しなく瞬いた。

――泣いてたまるか。

鏡を見ると、つり気味の目元がはれぼったくなっていた。首には絆創膏《ばんそうこう》が貼られている。昨日ナイフで斬られた場所だ。

物凄く痛かった気がしたがもう血は止まっているらしい。パッドに血が滲んでいる様子もない。

身なりが整うと琳也は襖の前に正座し、深呼吸した。かつてないほど集中して襖を開けてみるも、現れたのは見慣れた廊下だった。

「やっぱり駄目か」
二、三度開け閉めしてみたが、行きたいと願ったアパートには繋がらない。
「もう一回戻って、引っ越し前の最終チェックしてから、引き渡しに立ち会うつもりだったのに……」

管理会社の人に申し訳ないが、どうしようもない。

「――いや、待てよ」

琳也は襖から頭だけ出して左右を確認すると、部屋から抜け出した。足音を忍ばせて味噌《みそ》のにおいが漂う階段を降りる。

男は縁側にいた。琳也に気づいた様子はなく、物憂《ものう》げに煙草を吸っている。上半身裸だったので、逞しい背がよく見えた。

――会いたいと、あんなに焦がれていたのにな。

片翼の印から目を背け、琳也はそっと目尻を拭う。

静かに飯屋へと抜け、格子戸から通りへと脱出した。

ここまで来ればもう大丈夫。明るい陽射しの下を行き交う異形たちの姿に、張り詰めていた心が緩む。

重怠い腰をさすりながら坂を上り里長の屋敷へと向かう。里長ならばこの島を統《す》べる御方と通じている。琳也をアパートに戻すくらい容易《たやす》いはずだ。だが――

「……え、駄目？　何でですか？」

里長はけんもほろろ、琳也の頼みに耳を貸そうともしなかった。

態度でわかる。できないのではない。里長には琳也をこの島から出す気がないのだ。

食い下がろうとすると、ごうと風が湧き起こり、あれよあれよという間に屋敷から押し出されてしまう。

「さ、里長……？　嘘……」

琳也は屋敷の前に立ち尽くした。

何で？

何で取り合ってくれないんだ……？

昨夜何があったか言えばよかったのだろうか。でも、あんなこと、言えようはずがない。

琳也は上がってきたばかりの坂道をとぼとぼ下り、市場の端、皆がベンチとして使っている倒木《とうぼく》の端に腰を下ろす。

この島での琳也の家はあの飯屋だ。あの男に居座られている現在、琳也には帰る場所がない。おまけに何も考えずに出てきてしまったせいで無一文だ。

「どうしよう」

膝に肘を乗せ頬杖を突いてぼーっと道行く異形たちを眺める。通りかかった鷹《たか》の頭を持つ男が琳也に気づき、声を掛けてきた。

「おや。琳也じゃないか、おはよう。こんな早くから買い物か？」

琳也は勢いよく立ち上がる。

「おっ、おはよう……っ」

男の笑顔を見た途端、涙ぐみそうになった。

「何だ、どうした。琳也はもう子供ではないのではなかったのか？」

鷹の頭を持つ男は琳也を子供の頃から知っている。頭を撫でられ、琳也はぐっと腹に力を入れた。

「あの、さ。今夜、あんたの家に泊めてくれない？」

眼つきこそ鋭いが、この男は人がいい。きっとＯＫしてくれると思ったのに、鷹の頭を持つ男は首を振った。

「その願いは聞けないな」

琳也は愕然《がくぜん》とする。

「何で……？」

「何ででも。おまえには飯屋があるだろう？　早く帰って、役目を果たせ」

「役目……？」

追及する間もなく鷹の頭を持つ男は大股に去って行ってしまった。

「飯屋になんか帰れるわけない……」

飯屋にはあの男がいる。あそこで夜を過ごしたりなんかしたら――。

琳也は躯の奥底から湧き上がってきた不可解なざわめきに身を震わせた。

「だ、大丈夫だ。友達は他にもいるし！」

買い物を楽しみつつ行き交う異形たちの間を青い蝶がひらひらと舞う。琳也は知った顔を見つけては泊めてくれないかと頼みこんだ。だが、寝床などなくてもいい、床で寝るからと言っても、誰もＯＫしてくれない。

高かった陽がだんだんと傾いてくる。

夜は〝よくないもの〟の時間だ。市場と言えど安全ではない。

――どうして泊めてくれないんだろう。夜は俺には危険だと彼らが知らないわけないのに。

――俺なんかどうなってもいいってことなのか……？

島ではうまくやれているつもりだった。だが、琳也がそう思っていただけだったのかもしれない。

友達だと思っていたのは自分だけ、本当は誰にも好かれていなかったのかも。

「俺、ずっと勘違いしてたのかな。はは、恥ずかしー。恥ずかしくって死にそー……」

自業自得だと別の琳也がシニカルに囁く。

あっちで誰ともうまくやれなかったのに――うまくやろうとする努力すら放棄《ほうき》していたのに、こっちでだけうまくやれるわけがないだろう？

――でも、悪いのは俺じゃない。あいつらだ。あいつらが俺のことを馬鹿にしたから、だから俺はあいつらを俺の人生から切り捨てたんだ。

運命の伴侶と出会ったら、島に移り住んでもいいとじいちゃんは言った。それまでしのげればいいだけ、わざわざ下らない連中と仲良くなる必要なんかない。

そう自分を誤魔化《ごまか》しているうちに、琳也はどうすれば他人とうまくやっていけるのか、致命的なまでにわからなくなってしまった。

他の子たちが夢中になっているネットやゲームが琳也にはわからない。

――なあ、ＩＤ交換しよーぜ。

――え、おまえ、やってねーの？　嘘だろ？

――しょーがねーな。俺がアカウントの作り方教えてやる。携帯、寄越せよ。

多分、彼らに悪気はない。だが、琳也は馬鹿にされていると感じ、伸ばされた手を跳ねのけた。

——いらない。興味ないし。そんなくだらないことに時間を浪費したくない。

こんな態度を取るのはよくないと、頭のどこかでわかってた。

案の定、就職活動を始めると、琳也はもう少し人並みに人間関係を築けるようになっておけばよかったと後悔することになった。面接官には琳也の性根《しょうね》が見通せるのだろう、何社受けても採用されなかったし、ようやく入れた会社では、上司になんでこんなこともできないんだこの給料泥棒めがと毎日怒鳴《どな》られた。

どうして言った通りにできないんだ？　おまえ、どっかおかしいんじゃないのか？

——俺はどこかおかしかったんだろうか。

これくらい、言われなくても察してやっておくのが当然だろう？　本当に気が利かない奴だな。一体どんな育てられ方をしたらこんなになるんだ？

——俺はそんなに気が利かないんだろうか。他の人はこれくらい当たり前にできるものなんだろうか。

ああ、そういえばおまえは親に育ててもらえなかったんだったか。はは、それじゃあ常識知らずに育ってもしょうがないよなあ？　仕方がない、俺が躾《しつ》け直してやる。

「————っ！」

誰かに叩かれでもしたかのように躯をびくつかせ、琳也は虚《うつ》ろな眼差《まなざ》しで周囲を見回した。

腹が減って仕方がなかった。だが、金はないし、取りに帰る気にもなれない。躯は酷く重く、尻の奥には鬱陶《うっとう》しい鈍痛が巣くっている。

空は真っ赤に染まっていた。

夜がもうそこまで来ているのだ。

「結局、誰も泊めてくれなかったな……」

もう足掻く気にもなれなかった。〝よくないもの〟に襲われるなら、それでもいい。死んでしまえばもう何も考える必要はなくなるし、楽になれる。

——俺がいなくなったところで哀しむ人はいない。俺なんか、いなくていいんだ……。

抱えた膝の上に顔を伏せる。そのままうつらうつらとし始めた時だった。誰かに腕を掴まれた。

「立て」

「え？」

力尽《ちからず》くで立たされ、琳也は目を瞠《みは》る。昨夜琳也を散々弄《もてあそ》んだ男がそこにいた。

「な……な……な、何だよっ、やんのかコラっ！」

「黙れ」

陰惨な目つきで睨みつけられ、琳也は竦み上がる。

「う……うう……」

「なんだ。まだここにいたかったのか？」

「いたくなんかないけど……、行くところもないし……」

涙が出そうになり、琳也は唇をへの字に曲げて歯を食いしばった。

そうだ。この島のどこにも、琳也の味方はいない。完膚《かんぷ》なきまでに打ちのめされ、琳也の心はずたぼろだ。

男が溜息《ためいき》をつく。

「情けない顔してないで。来い」

ぐいと引っ張られ、琳也は背中を丸め歩き始めた。

飯屋に着くと男は表の格子戸を開け、琳也をカウンターに座らせた。天板を上げて内側に入り、鍋に火をつける。隣の土鍋《どなべ》の蓋を開けると、つやつやのご飯が現れた。表面は炊《た》かれた時のまま、平らでしゃもじを入れた形跡すらない。男はすっかり冷めてしまっているそれをご飯茶碗《ちゃわん》に盛ると、ラップをかけて電子レンジでチンした。

このご飯、誰が炊いたんだろう……？

じいちゃんはもういない。琳也に料理をした覚えはない。というか、できない。ということはこの男が作ったのだろうか？　でも、いつ？

くつくつと言い始めた鍋の蓋を男が開ける。こちらの中身は味噌汁だ。浮いているのはお麩《ふ》と海藻《かいそう》。じいちゃんが便利だからと東京で大量に買って、備蓄《びちく》していたものだ。

ふっと朝、飯屋を抜け出した時に味噌のにおいがしていたことを思い出す。

もしかしてこれは朝食だったのか？　明け方近くまで琳也に悪さをした後でこの男が作った？　そういえば色んな体液で体中どろどろだった記憶があるのに、朝目覚めた時の琳也の躯は綺麗《きれい》なものだった。

一晩中セックスして、飯を作って、琳也の躯を綺麗にして？　この男は、昨晩寝たのだろうか？

しかもせっかく炊かれたご飯は食べた形跡がない。

「朝から何も胃に入れてないんだろう。食え」

琳也は初めて男の顔をまっすぐに見返した。

「どうして俺が何も食べてないって知ってるわけ……？」

男の唇が引き結ばれる。見据えられると怖かったが好奇心には勝てない。

「もしかして、朝から俺の後、つけてた？」

男は琳也の質問を無視した。カウンターに味噌汁の椀《わん》を置く。

「食え」

ちゃんとラップを取ってから渡されたご飯にはゴマ塩がかけられていた。

琳也は湯気の立つ食事を眺めつつ考え込む。

この男は折角《せっかく》食事の支度《したく》をしておきながら食べもしないで琳也をこっそり見張っていたらしい。それはなぜだ？

「さっさと食え。口の中に突っ込まれたいか」

獰猛《どうもう》に恫喝され、琳也は慌てて椀を取った。

一口飲むと素朴《そぼく》な味が口の中に広がる。

残っていた味噌とかつおぶしを使ったのだろう、じいちゃんと同じ味だった。

「おいしい……」

箸《はし》を取り、ご飯を口に運ぶと、ゴマの香ばしさが鼻に抜ける。噛めば噛むほど増す白飯の甘みが塩によって更に強められ、すごくすごくすごくおいしい。

なぜか涙が溢れてきて、琳也はぐいと拳で目元を拭いた。

考えてみれば、手作りの料理など久しく食べていなかった。忙しくて、そんな余裕がなかったからだ。食事はいつもレトルトか安い定食屋。まずいとは思わなかったが、こんな風に心身ともに癒《いや》されると感じたこともなかった。

ぐぎゅると腹が間抜けな音を立てる。込み上げてきた猛烈な飢餓《きが》感に急き立てられるまま、琳也は飯を掻き込んだ。

「うう……」

この男には昨夜散々怖い目に遭わされたのに。あんなコトまでされたのに。ご飯を噛みしめるたびに何とも言えない幸福感が胸のうちに溢れてくる。

しゃくり上げながら空になった茶碗を置くと、陽に灼けた逞しい腕が伸びてきてさらっていった。ことりと元の場所に戻されたご飯の上には、ゴマ塩ではなく梅干しが載っている。

「まだたくさんある。ゆっくり食え」

鼻が詰まってしまいうまく呼吸ができずにいると、キッチンペーパーを一枚くれた。

男も立ったまま片手で椀を傾ける。

喉仏が上下に動き、厳しいばかりだった目の色がやわらいだ。

——うわあ。

琳也はほけっと男の顔に見入る。

怖いばかりかと思っていたけど、そういう顔をすると案外……。

「あの……名前……」

「ん？」

「名前、まだ教えてもらってない……」

ぼそぼそと問うと、男はああと思い出したように頷いた。

「ゴウキだ。霧島《きりしま》剛毅」

「ごうき……」

ぼんやりと復唱すると、出汁に使った後のかつおぶしを甘辛く味つけしたふりかけがご飯の上に追加された。

「――食ったら二階に上がって寝ろ」

うっすらと無精髭《ぶしょうひげ》の浮き始めた口元に白飯が剛胆に放り込まれてゆくさまをぼーっと眺めていると、剛毅が顔を顰《しか》めた。

「そう警戒するな。何なら今夜は何もしないと約束してやるから」

今夜は、か。

突っ込みたくなったが、琳也はその代わりに味噌汁を啜った。ただ誓われるより、信用できる気がした。とにかく今夜は何も警戒せず眠っていいのだ。

明日以後は要注意だが――明日のことは明日考えればいい。

後で考えれば無防備にも程があるが、食事を終えると眠くなってしまい、琳也は昨夜と同じ部屋、同じ布団の上で眠った。

三、一夜目

夜半《やはん》過ぎ。ふと目覚めると、障子の向こうが妙に明るい。今宵《こよい》は満月であるらしい。

満月の夜は〝よくないもの〟たちが勢いづく。暗がりから聞こえてくる女の咽《むせ》び泣くような声に起こされることもままあり不安を誘うが、戸締まりさえしっかりしてあれば心配はいらない。

さして気にせず厠《かわや》に行こうと襖を開けたところで足が止まった。

声が近い。外ではない。家の中にいる。

そろり、そろり。

足音を忍ばせ、声の源《みなもと》を辿る。

襖を細く開けてみると、男が一人、布団を延べて眠っていた。驚いたことに、緩やかに上下する胸に黒い靄《もや》でできた獣がのしかかっている。おどろおどろしい声は化け物に襲われた男の呻き声であったのだ――。

＋　＋　＋

「変な夢……」

水で大雑把《おおざっぱ》に顔を洗った琳也は、流しの縁に両手を突き鏡の中を見つめた。

顎の先からぽたぽたと水が滴っている。濡れてぺたりと額に張りつく前髪を掻き上げれば、目尻が吊り上がった大きな目が露わになった。

つぶらな——などと表現すれば聞こえがいいが、この目とつるんとした頬のせいで琳也は年齢より若く見られがちだ。躯も縦はそこそこ伸びたもののひょろりとしていて剛毅のような迫力はない。

「手とかもすごく大きいんだよな……狡い」

おまけに剛毅の作った味噌汁はじいちゃんのと同じくらいうまかった。どこもかしこも負けているような気がして腹が立つ。

何だか痒《かゆ》い気がして絆創膏を剥《は》がし、顎を浮かせて傷口がどうなっているか眺めていると、床板が軋んだ。何気なく目を遣ると上半身裸の剛毅が入口を塞いでいて、躯が勝手にびくっと跳ねる。

「えーとあの、……おはよ……？」

無表情に琳也を見下《みお》ろした剛毅は、のっそりと洗面所に入ってきて顔を洗い始めた。古めかしいコンクリート製の流しの中、ばしゃばしゃと水が跳ねる。

機嫌が悪い……のかな？　俺、何か気に障るようなこと、したっけ？　それとも。

「あの、昨日はよく眠れた……？」

鏡の中、顔を上げた剛毅にじろりと睨《ね》めつけられ、琳也はあたふたと洗面所を出た。

「あっ、な、何でもないです、ハイ……」

廊下の壁に寄りかかり一息つくと、顔を拭いている剛毅をもう一度そっと盗み見る。

――それとも、あれが夢でなかったとか――？

夢はトイレに行こうと起きたところから始まった。異様な声が聞こえ、恐る恐る剛毅の部屋を覗いてみたら、恐ろしいものがいた。

「〝よくないもの〟に襲われたから機嫌が悪いのかな。でも……」

剛毅に怪我《けが》をしている様子はなかった。それに悪いものは家の中へ入ってこれないはずだ。

「やっぱり、夢だよね。眼光だけで熊《くま》さえ追い払えそうな剛毅が、やられるままになっているわけないし」

「なんだ」

洗顔を終えた剛毅が洗面所からぬっと顔を出す。

「なっ、何でもないッ」

びゃっと二階へ逃げようとしたら、シャツの背中が掴まれた。

「どこへ行く。朝飯にするぞ」

そのまま引っ張られて店内に入る。カウンター席の前で琳也を放すと、剛毅は内側に入り、鍋の蓋を開けた。昨夜の残りの味噌汁と白飯があるのが見えた途端、腹の虫が騒ぎ始める。

琳也はカウンター席に座り、そわそわと剛毅の顔色を窺った。

「言いたいことがあるなら言え」

鍋をあたため直している剛毅が琳也の視線に気づかないわけがない。鬱陶しそうに一瞥され、琳也はごくりと唾《つば》を呑み込む。

「いや、あの、これからどうする気かと思って」

「この島から脱出する方法を捜す。手伝え」

いまだ剛毅と目を合わせるのが怖い琳也は、カウンターの上に乗せた両手を見つめた。

「もう一昨日みたいなことしないって約束するなら、協力してあげてもいいけど」

鍋がくつくつと音を立てて振動し始める。

「おまえだって島から出られなければ困るだろう?」

「や、全然」

「家族は?　向こうにいるんじゃないのか?」

琳也は乾いた笑みを浮かべた。

「いないよ。親は小さい頃離婚して俺を捨ててったし、育ててくれたじいちゃんは五年前に死んじゃったし」

「――学校は」

「俺のこと、一体いくつだと思ってるわけ?　とっくに卒業した」

「highschoolをか?」

いくら若く見られがちだとはいえ、これはひどい。琳也はカウンターに突っ伏したくなった。

「違う。大学。college」

「……では、仕事は?」

急に息苦しさを感じ、琳也はカウンターに乗せていた手を握り締める。

「クビになったところだったから問題ない」

「クビ？」

「俺、会社勤めに向いてなかったみたい。何やってもうまくいかなくてさ。毎日馬鹿だの役立たずだの罵られてこのままじゃ病《や》むと思っていたところだったから、クビになって逆によかった。もーストレスで食欲もなくなっちゃうし、食べないと躯が持たないから無理矢理ビールで流し込んでしのいでたんだけど、そのうちビール飲んだだけで胃のあたりがきゅーっと痛くなるようになっちゃうし。残業してたら病院が閉まっちゃうのに、抜けることも許されなくて、夜も……」

琳也は言葉を呑み込んだ。もう済んだことなのに急激に感情が高ぶってきて爆発しそうになってしまったのだ。

上司にとって琳也は今まで見たことがないほど要領が悪く、常識のない新人だったらしい。根性を叩き直してやると、些細《ささい》なミスでも厳しく叱責《しっせき》された。激昂《げっこう》した男に頭ごなしに怒鳴りつけられた経験などなかった琳也にはそれだけでもショックだったが、上司は斟酌《しんしゃく》しなかった。わざとプライドを踏《ふ》み躙《にじ》るような物言いをし、仕事に関係ないはずの家庭環境まで面白おかしく笑いものにした。

理不尽《りふじん》だと思ったが、実際、琳也はミスが多かった。社会に出たら厭なことの一つや二つあるものだと皆も言っている。今はできないから怒られるのであってできるようになればいいだけ、一々気にすることはないと琳也は思おうとした。

でも、気にしないでいることなど、できようはずがなかった。

同僚たちは毎日くだらないミスをしては怒鳴られている琳也に呆れていたことだろう。上司がいない時に仕事の進め方を教えてくれたのは、あんまり仕事が滞《とどこお》ると迷惑だからに違いない。

――これ以上迷惑をかけないようにしないと。

だが、うまくやろうとすればするほど焦ってしまい、ミスは増えた。上司にふざけた振りでどつかれたり叩かれたりするようになっても、自分が悪いと思うと文句も言えない。

上司の下に配属されて一週間も経たないうちに異常に眠りが浅くなりしょっちゅう熱を出すようになったが仕事を休むこともできなくて、仕事中もぼーっとしてしまって、またミスをして、上司が残忍な悦びも露わに怒鳴り散らし始めて、窓の外は青空で、なんでこんなにいい天気なのに俺は怒鳴られているんだろうなんて思ってしまって――。

「おい？」

声をかけられ我に返る。いつの間にか剛毅と話していたことも忘れて記憶をなぞっていたのに気づき、琳也はぞっとした。

──会社のことなんてもう、思い出したくもないと思っていたのに。

「とにかく、俺にはあっちにいたい理由なんか一つもないんだ。あんたはどうなんだ？　やっぱり大事な人が待ってるからそんなに帰りたがるわけ？」

家族とか──恋人とか。

胸がちくりと痛んだのは、琳也にはそのどっちもいないからだ。

「いや。俺はただ朝まで安心してぐっすり眠りたいだけだ。monsterに襲われる心配などしなくていい場所でな」

琳也は少しだけ目を上げて剛毅の顔を見た。満足に眠れないつらさはよく知っているけれど。

「異形たちは俺たちに何もしやしないのに」

何気なく放った琳也の言葉に、剛毅は激越《げきえつ》な反応を示した。

「何もしないだと？　何を言っている。俺はここに来た初日に襲われたぞ」

「……え？」

「何発撃ち込んでも平気で飛びかかってきて、ぬめっとした感触が──っ」

剛毅が口元を手で押さえた。思い出すだけでえずいてしまうほど耐え難い経験だったらしい。

だが、琳也には信じられなかった。

「彼らが？　本当に？」

「俺が嘘を言っていると思うのか？」

凄まれ、琳也は眉間に皺を寄せ考え込む。

「うーん……。あ、ちなみにそれ、昼間のことだった？」

「いや、夜だ」

「やっぱり。あのさ、この島では夜になると〝よくないもの〟が出てくるんだ。皆は平気らしいけど、俺やじいちゃんは危険だから陽が落ちたら絶対に外出するなって言われてた。剛毅を襲ったのはきっとそっちだと思う」

剛毅が吐き捨てるように言った。

「――monsterの見分けなどつくか」

だんだんと、わかってくる。

「そっか。剛毅はここに来てから〝よくないもの〟に襲われて、他の皆まで避けるようになっちゃったんだ……」

食べ物がたくさんある市場も利用できず、誰でも知っている知識とも無縁なまま。

「――つまり、俺が協力してやらなきゃ、あんたはどうにもしようがないってことか」

剛毅の目に剣呑《けんのん》な光が浮かぶ。

怖かったが、先刻まで会社でのことを思い出していたせいで琳也の心はまだ麻痺したようになっていた。

「あんたには俺の嫁さんになる気がない」

「嫁」

琳也はカウンターのちっぽけな椅子の上で強く膝を抱える。

「俺はちっさい頃からじいちゃんにばあちゃんとのことを聞かされてたから、ずっと運命の相手を嫁さんに迎える日を楽しみにしていたんだ。でも、あんたにはそんな思い入れないんだし、片翼の印がどうこうって話はもう忘れていい。俺たちが伴侶だなんて笑えるし」

セックスしてしまったけど、この男との間に愛なんてない。むしゃくしゃしていた勢いでヤっただけだっていうのはわかっている。

「あんなことをされてもなお、おまえは俺を運命の伴侶だと思っているのか？」

どうしてそんなことを聞くんだろう。

琳也は上目遣いに剛毅の顔を見上げた。

表情を削ぎ落したような剛毅の顔からは、何を考えているのかまるで読み取れない。

「——思ってない。もしそうだとしても男なんて論外だ。だから、一昨日みたいなことしないって約束して」

　なぜか剛毅が溜息をつく。

「わかった。合意なしに押し倒したりしないと誓ってやろう」

「そういう余計な一文はいらない。合意することなんてあるわけないだろ。あんただって俺のことなんて好きじゃないんだし」

　運命の相手が現れたら、無条件に好きになれるんだろうと思ってた。

　待っているのは夢のように幸せな日々。そこでは誰も琳也に怒鳴り散らしたりしない。

「俺さ、嫁さんと一緒にこの飯屋を再開するのが夢だったんだ。じいちゃんがいた頃はここに毎晩大勢の客が詰めかけて賑わっててさ」

　心を込めて料理をするんだ。そうすればお客さんは喜んでくれる。そう言うじいちゃんの背中は琳也にはとてもかっこよく見えた。

「もう年なのに子供押しつけられて迷惑だったろうに、じいちゃんは俺のことを最後まで投げ出さなかった。俺はじいちゃんの思い出がいっぱい残ってるこの飯屋をこのまま朽《く》ちさせたくない。――じいちゃんが生きていたら、おまえ如《ごと》きが後を継いでも店の看板に傷をつけるだけだって怒るかもしれないけど」

　開店時間は日没。その頃になるとどこからともなく異形たちが集まってきて、じいちゃんの料理に舌鼓《したつづみ》を打つ。

飯屋の灯りが届く範囲だけは賑わいが盾となり、〝よくないもの〟を恐れる必要もなかった。異形たちはじいちゃんの手伝いをする琳也を可愛がり、時々奇怪な手で頭を撫でてくれた。

「――おまえの言いたいことは分かった。だが、そもそも島を出る方策があるのか?」

「方策……」

里長にはけんもほろろにあしらわれた。今まで思い通りに行き来できなかったことなどなかったから他の方法を試したこともない。少し考えると、琳也はカウンターの中へと入り、棚から箱を取り出して席に戻った。取っ手のついた木の箱は仕切りのついた一段目を中央から左右にスライドさせると、二段目の中身まで一望できる構造になっている。元はばあちゃんの裁縫箱《さいほうばこ》だったらしいこれを、じいちゃんは売上げをしまうのに使っていた。

「この飯屋、以前はじいちゃんが切り盛りしてたんだけど、飯を食った客はお代をこういった色んなモノで払ってゆくんだ」

紐《ひも》の通された貝に櫛《くし》などの小物。綺麗な石に、枯れない花。

剛毅が貝殻を摘まみ上げた。

「がらくたにしか見えん」

「でも、市場に持っていけば色んなものが買えるし、お代自体が特別な力を持っていることもある」

「特別な力……?」

「何度か、『何でも願いを叶えてくれる宝玉』をもらったことがあるんだ」

「何でも願いを叶えてくれる、か」

貝がぞんざいに箱へ戻される。与太話《よたばなし》だと思ったのだろう。

「他の家が全部南国風なのに、この飯屋だけ和風建築なの、変だと思わなかった?　もちろん島にこんな家を建てられる職人がいるわけない。ここも元は他の家と同じだったんだ。でも『何でも願いを叶えてくれる宝玉』をもらった時、じいちゃんが願ってみたんだって。今風の使いやすい厨房のある飯屋に改築してくださいって」

剛毅が腕を組み、流し台に寄りかかる。

「信じられん」

琳也は小さく笑った。

「剛毅は本当に何も知らないんだな。ここでは不思議なことが当たり前に起こるのに」

琳也は箱を横に押し退けると、軽く握った拳をカウンターに乗せた。

「見て」

注目させてから念じる。来い、と。

空だった掌の中があたたかくやわらかなものに押し広げられた。

——よんだー？

親指と人差し指でできた輪からぴょこりと顔を出したマメルリハに、剛毅が瞬く。

「……手品か？」

「ちがう」

無防備に腹を上に向けたまま親指を齧《かじ》ろうとするマメルリハをにぎにぎしながら琳也は拳を浮かせた。何とも都合のいいことに、照明がカウンターの上に濃い影を落としてくれる。見ている間に影が更に濃くなり——黄色い冠羽をいただいた頭がぽこりと飛び出した。

ほっぺが赤いオカメインコ。

生首が置かれているようだが、首を傾げまじまじと剛毅の顔を眺める鳥は間違いなく生きている。

——りんりんー？　なんかごようー？

オカメインコは嘴《くちばし》と鉤爪《かぎづめ》を使って影の縁に掴まり、カウンターの上によじ登ると、琳也の頭の上へと飛び移った。そうしている間にも色とりどりの頭がぴょこりぴょこりと影から覗き、我先にカウンターの上へ登ってくる。

——おはよー。

——りんりんだー。なでなでしてー。

——どいてよう。でられないよう。

——おなかすいた……。

翼をぴったり躯に沿わせて小さすぎる影から無理矢理出てきたのはコンゴウインコだ。ヨウムが雄叫《おたけ》びを上げ、カウンターの中央にちょこんと座り込んだラブバードがつぶらな黒い瞳でじいっと剛毅を見上げる。

初め彼らは琳也の肩や腕に止まったが、場所がなくなると照明の上や椅子の背もたれの横木にずらりと並んだ。押し合いへし合いしながら毛繕《けづくろ》いしたり隣の鳥とお喋りしたり喧嘩《けんか》したりとかしましい。

「どうなっているんだ……？」

凝然《ぎょうぜん》と鳥たちを見つめる剛毅に、琳也は大きく両手を広げて見せた。ずらりと止まっていた鳥たちが振り落とされまいと羽ばたくさまは壮観だ。

「この子たち、影に出入りできるんだ。普通の鳥に見えるけど、本当はそうじゃない。影を渡って学校や職場にまで追いかけてきたし」

剛毅が、肩に飛び移ってきたマメルリハの頭を恐る恐る撫でた。

「見た目通りの存在でないなら……こいつらの本質は何なんだ？」

琳也はきょとんとする。そんなこと、考えたこともなかった。

「知らない」

「……気にならないのか？」

「不思議だけど、そういうもんなんだってことだけ知ってればこと足りるし。──あ、そうだ」

いきなり立ち上がったせいで、びっくりした鳥たちが飛び立つ。色とりどりの羽根が飛び散るさまはまるで祝祭のよう。右往左往する鳥たちの中を突っ切りカウンターの中に入ると、琳也は冷蔵庫の電源プラグを持ち上げた。向こうならコンセントに刺さっているはずのそれは、ちっぽけな金属の箱に接続されていた。

「何だ、それは」

「別の特別な力を持ったお代。この島には発電所なんかないのにどうして電化製品が動いているのかっていうと、これがあるからなんだ」

側面に指先を走らせ蓋を開けると、プラグが刺さった箱の中には石のキューブが五つ入っていた。そのうちの四つは色調こそ違えどどれも赤く透明感があったが、一つは真っ黒だ。琳也は炭のようなそれを箱の中から摘まみ出す。

「たまに客がお代としてくれる赤い石を入れると電力が発生するんだ。石は使っているうちに黒ずんできて効力がなくなるから、これくらい黒くなると新しいのと入れ替える」

琳也は黒い石をゴミ箱に落とすと、カウンターの上に広げたままになっていた裁縫箱の中から赤い石を一つ摘まみ上げて箱の中に入れた。元通り蓋を閉め、壁のフックに引っかける。その上下には電子レンジや食洗機、オーブンに繋がった箱がずらりと並んでいた。

ずっと息を詰めていたらしい剛毅が長々と息を吐き出し、掌で顔を撫でる。

「こんなの、おかしいだろう」

「でも、現にこうなってるし。考えたって仕方ないし」

――りんりん、いいこ。いいこ。

――だいじょーぶ。りんりんはまちがってないない！

羽を膨らませ、足を交互に持ち上げて見せながらヨウムが言う。ありがとうと言うかわりにほっぺたを掻いてやると、ヨウムはうっとりと目を細めた。

「その『何でも願いを叶えてくれる宝玉』というのは、市場では売ってないのか？」

「残念ながら一回も見たことない。でも飯屋をやっていればまた誰かがくれると思う」

「……飯屋を開くしかないということか」

「年に一個くらいはそれで支払う客がいたよ。便利だからすぐ使っちゃってもうないけど。

冷蔵庫の一升瓶も『何でも願いを叶えてくれる宝玉』の産物なんだ。傾ければ幾らでもうまい酒が出てくる。こいつを手に入れられるまで水物の仕入れ、すごく大変だった」

剛毅が寄りかかっていた流し台からすぐさま離れ冷蔵庫を開けた。一升瓶《いっしょうびん》を取り出し傾けると、馥郁《ふくいく》とした薫りが広がり丼《どんぶり》の中に透明な液体が満ちてゆく。改めて一升瓶を立てて琥珀《こはく》色の瓶の中を覗き見るも中身は減っていなかった。

剛毅もこれを見ては納得せざるをえなかったようだ。

「――なるほどな。仕方がない、飯屋を開こう」

剛毅の肩の上でマメルリハがちゅりっと鳴く。琳也も口元を綻《ほころ》ばせた。

「じゃあ、もう一昨日みたいなことしないって約束してくれるんだよね？」

「ああ。おまえの合意なしに押し倒したりはしないと誓ってやる」

「あのさあ――――もー、いーよもう……」

意地になっているのだろうか。案外子供じみたところがある。だが、自分が合意しなければいいだけのことだと、琳也は食い下がるのを止めた。

「味噌汁が冷める。朝飯にしよう」

ごつい手がお椀を差し出す。

剛毅の分の器が揃うのを待ってから、琳也はいただきますと手を合わせ箸を手に取った。

一口食べ、ごくりと喉を鳴らす。

どれも昨夜と同じくおいしく感じられ、ガツガツ食べてしまう。ついこの間までビールの力を借りて流し込んでいたのが嘘のようだ。

――島に戻って、気持ちが落ち着いたのかな……。

ご飯がおいしいっていうのは素晴らしいことだ。それだけで躯の奥底から活力が湧いてくるし、きっと悪いようにはならない。何もかもうまくゆくという気すらしてくる。

朝食を済ませると琳也は店内から鳥たちを追い出した。開店に向けてまずは掃除をしなくてはならない。

じいちゃんが死んでから放置されていたせいで、店内にはうっすらと埃が積もっていた。綺麗なのは剛毅が使っていた片隅だけだ。戸を全開にして埃を払い、硬く絞った雑巾《ぞうきん》で隅々まで拭く。

昼過ぎになって一段落つくと、剛毅は縁側に出て煙草のパッケージを取り出した。背中を丸めくわえた煙草に火をつける。

何気ない仕草が実に様になっていて、CMの一コマのようだった。

満足げに細められた目。

気怠げに煙を吐き出す、少し荒れた唇――。

視線を感じたのか剛毅が振り返ると、琳也はとっさに目を逸らした。

「さって、次は食材の調達！」

縁側の突き当たりへと移動し納戸《なんど》の戸を開ければ、中を見た剛毅の目が僅かに見開かれる。

「物が増えている……？」

半分も埋まっていなかったスペースは人一人通れる隙間を残して、ぎっしりと段ボール箱で埋まっていた。

「あんたがいるとは知らなかったから、引っ越してくるつもりでアパートの荷物全部ここに運び込んだんだ。で、えーっと、あった……」

クーラーバッグを引っ張り出して蓋を開けると、使い切れなかった野菜や缶詰が現れる。

「よかった。傷んでないみたいだ。これ、使えない？」

「そうだな……」

くわえ煙草で近づいてきた剛毅に手元を覗き込まれ、琳也はほとんど無意識に距離を取った。

「量はないが、使えそうだ。何を作る？」

「あ、料理については全面的にお任せいたします……」

えへ、と愛想笑いをし視線を泳がせた琳也に向かって、剛毅が更にずいと身を乗り出す。

「なぜだ？　ここはお前の店だろう？」

「でも、俺は料理できないから……」

「料理もできないのに飯屋をやりたいなんて言っていたのか？」

「そっ、それに、あんたが作った味噌汁もふりかけもすごくおいしかったから！　あんたの料理なら塩結びに味噌汁ってメニューでも客がつくんじゃないかな？　少なくとも俺なら食べに来る」

褒めたのに、剛毅の眉間には皺が刻まれた。

「……世辞など言わなくていい」

「お世辞なんて言えるほど器用じゃないよ。本当に、しあわせーって気分になったんだ。昨夜も今朝も。……ついこの間まで食事なんて面倒くさいだけだったのに」

ストレスのせいだろう。食べる快感というものを琳也はいつしか忘れてしまっていた。食事は空腹感をなだめて体力を保持するための作業。だが、剛毅の料理を口にした時、突き上げてきたのは食べたいという欲求だった。

もっと食べたい——もっと、もっと。

煙草に手を添え深く息を吸い込むと、剛毅は紫煙《しえん》を吐き出し苦《にが》そうに顔を顰めた。

「……わかった。だが、俺も大した料理は作れないぞ。ネットのレシピサイトを見て自分が食べたいものを作っていただけだからな」

　琳也は尊敬の眼差しを剛毅に向ける。

「俺は自分で作ろうだなんて考えたこともなかったな」

「親が共働きだったんだ。小腹が減ったら食べる物を自分で調達しなければならないが、和食で育てられた舌にあっちのカロリー過多のジャンクフードはくどすぎる」

「剛毅は外国で育った……？」

「？　ああ、言ってなかったか。俺はいわゆる日系アメリカ人だ。こういう常夏の島は随分あちこちと巡ったが、日本には行ったことがない」

　アメリカ。

　琳也の頭に浮かんだのは、カラフルな菓子や日本のとはサイズが違うというファーストフードだった。

「探せば口に合うものもないではないが、満足するまで食べようとすれば小遣いが枯渇する。だが、親が常備している食材を使って自分で調理して食べる分には自分の懐は痛まない――となれば努力もするというものだろう？　ちなみに何か食べたいものがあるか？　おまえのじいさんはどんな料理を出していた？」

「うーん」

琳也は持っていたものを置き、考え込む。

「じいちゃんも料理の勉強はしたことなかったみたい。そんなに難しいものは作ってなかったよ。俺が生まれる前にばあちゃんが死んじゃって一人だったから手が回らなくて、基本的には生姜焼きとか焼き魚の定食を一、二種のみだった。余裕があればオプションにきんぴらごぼうとか温泉卵を用意してたかな。食べたいもの……は、煮物……かなあ……。無職になって暇ができたから自分で作ってみようとしたんだけど、うまくできなくて」

クーラーボックスの中にはニンジンとサトイモが二袋も入っていた。一回作って失敗したため色々見越して、沢山買っておいたのだ。

「煮物か。作ったことがないが――」

「じいちゃんのレシピ、見る？　下拵《したごしら》えくらいなら俺も手伝えるよ。ほら！」

クーラーバッグの中に一緒に入っていたピーラーを高々と掲げてみせると、剛毅は口元を押さえ顔を背けた。肩が細かく震えている。

「え、な、何……？」

「……飯屋をやりたいっていう人間が得意げに出すのが、ピーラー……」

かあっと顔が熱くなった。

「包丁だって使えるって。皮剥きなら早くて綺麗にできると思ってピーラー見せただけなのに、そんなに笑うことなくない？」

涙目で主張すると、煙草を持っていない方の手でがしがし頭を撫でられた。完全に馬鹿にされている。

「もう午後で時間もないし材料も半端だから、握り飯に味噌汁、それから小鉢を一つ選択する形にしよう。それでいいな？」

「うう」

最後にもう一度煙草を口にくわえると、剛毅は縁側に出て、深く煙を吸い込んだ。灰皿代わりの欠けた小鉢で火を消し、見るからに鍛え上げられた躯をぐんと反らす。

「――やるか」

大きな手で、癖《くせ》の強い髪を後ろに掻き上げゴムで留める。逞しい腰には前かけが締められた。

シャツの袖をめくり上げて厨房に入ると、琳也にも里芋の皮剥きが割り当てられる。里芋はピーラーだと逆に剥きにくい。包丁で一つ一つ、不器用ながらも丁寧に皮を剥いてゆく。

剛毅は米磨ぎにとりかかった。琳也なら笊《ざる》を持ち上げるのも難しい量なのに、大きな手で難なくこなしてゆく。

作業を終えると琳也は、里芋をもう一度たわしで洗った。包丁で刻もうとさっと流したまな板に載せる。

たすん、と真ん中で割ると同時に、剛毅の動きが止まった。

平らな面を下にして一口サイズに切り分けている間、じっと琳也の手元を見つめている。もう半分に取りかかろうとしたら包丁が取り上げられた。

「えっ、何!?」

有無《うむ》を言わさず厨房から摘まみ出される。

「気が散る。おまえは他の仕事を探してこい」

「ええ!?　そんな横暴な……」

他の仕事など思いつかない。とりあえずカウンターに腰かけると琳也は頬杖を突き、白菜を洗い始めた剛毅の手元を眺めた。

あれ？

洗い桶に水を流しながら一枚ずつ葉を剥いてざかざか洗っているのだが、動作の一つ一つが何気に丁寧な上、早い。ちょろちょろ気を散らしつつてろてろ作業する琳也とは集中の度合いが違う。

あれよあれよという間に食べやすい大きさに刻まれた白菜はビニール袋に入れられ、やはり細かく刻んだ柚子の皮や昆布と一緒に漬けこまれた。

続いて剛毅は琳也が剥いた里芋の後始末に取りかかる。

「おい、料理を作るのはいいが、客が来なかったら意味がないぞ。その辺、何とかしなくていいのか？」

「え……あ、そっか」

そういえばそうだ。琳也たちが飯屋を開こうとしていることなど、今のところ誰も知らない。

「じゃあ、張り紙作ろうか？　本日開店って奴」

「お品書きもいるんじゃないか？」

「そう、だね。ええと、ちょっと待って」

琳也は隣の座敷に行くと、文机《ふづくえ》の引き出しを開けた。じいちゃんがお品書きに使っていた和紙と瓶入りの墨汁《ぼくじゅう》、それから筆を持ってカウンターに戻る。

「ほう。筆で書くのか」

剛毅に少し感心したように言われたが、どこを探してもマジックもボールペンも見つからなかっただけで好きで習字に挑むわけではない。

メニューの聞き取りをしつつ破ったノートに試し書きを始めたら、カウンターの向こうで作業をしていた剛毅が消えた。身を乗り出してカウンターの下を覗くと、流し台に掴まってうずくまり背中を震わせている。ひきつけでも起こしたのだろうか。

大丈夫かと聞いたら大丈夫だと返ってきたので、ミミズののたくったような文字ではあるが張り紙とお品書きを完成させる。出来上がった張り紙は格子戸の外に掲示した。

「上等、上等」

でもこれで、また仕事がなくなってしまった。少し考えると、琳也は二階に上がり、じいちゃんが使っていた箪笥《たんす》の中を漁った。

「あ、あった」

取り出したるは真新しい作務衣《さむえ》だ。サイズが大きすぎるからと、ずっと使わずにとってあったものだった。

「でもなんでじいちゃん、こんなでっかいの買っちゃったんだろう」

今となっては知りようがないがちょうどいい。琳也はもう一つ目についたものを掴み、階段を駆け下りる。

「剛毅、これ、仕事着」

剛毅が今着ているTシャツはくたびれ、見るからに不衛生《ふえいせい》だった。自覚があったのだろう、洗い物をしていた剛毅は手を止め、廊下へと出てきてくれる。

「火を見ていろ」

その場で着ていたTシャツを脱ぎ始める。

割れた腹に厚みのある胸板。

琳也は目を逸らし、厨房へと逃げ込んだ。別に男の裸を見て興奮する趣味などないのだが、心臓がばくばくいっている。

——アレに自分は組み敷かれたのだ。

雑念を消そうと、ばちんと両手で頬を叩くと琳也は次の仕事をさがした。

琳也は何もしていないも同然なのに、仕込みはほぼ終わっていた。空になったボウルや笊が布巾《ふきん》の上に伏せられ、鍋がくつくつ呟いている。業務用炊飯器が稼働している音もした。煮物や浅漬けを盛る小鉢も、洗って伏せてあるようだ。琳也は布巾を取り、まだ濡れている器を拭き始める。

客は来てくれるだろうか。

剛毅は毛嫌いしている異形を、客としてもてなせるのだろうか。

そして琳也は、ちゃんとじいちゃんみたいにできるだろうか。上司は琳也を呆れるほど気が回らない上、口で言わなければ己の至らなさに気づきもしない馬鹿だと言った。じいちゃんがまだ元気だった頃は店を手伝っていたし、その時は問題なく仕事をこなせていたと思うものの、段々不安になってくる。

――俺が子供だったから大目に見てくれただけ、ということはないだろうか。

――気づかなかっただけで、あの頃も俺はいっぱい馬鹿みたいなことをしていたのかも……。

――俺なんかがじいちゃんの飯屋を開いて、本当にいいのか?

ぎしぎしと廊下を軋ませ足音が近づいてくる。作務衣を身に纏い、前かけを締め直した剛毅を見て、琳也は息を呑んだ。

じいちゃんも作務衣を着ると格好良く見えたが、その上をいっている。藍の袖から伸びた腕のラインの逞しさに、同性の目から見ても男の色気を感じた。

なんでこんな酷い男に、神様はこんなにも魅力的な容姿をくれてやったのだろう。

敗北感だの理不尽な怒りだので、琳也の心の中は大変なことになる。

「何を見ている」

怪訝《けげん》そうな剛毅に、琳也は手拭《てぬぐ》いを差し出した。

「じいちゃんは仕事中、手拭いを頭に巻いていた」

剛毅が手拭いを受け取り、音を立てて広げる。じいちゃんは鉢巻きのように巻いて汗止めにしていたが、剛毅はバンダナのように髪を覆い後ろで両端を結んだ。如何にも職人らしくてこれも悪くない。

ご飯が炊きあがると、お結びを作ってゆく。琳也も剛毅に言われる通り、ゴマを乾煎《からい》りしてからすり鉢で擂《す》った。今夜供するのは、梅干しが入っているものと、醤油《しょうゆ》を塗って火で焙《あぶ》った焼きお結びと、ゴマを振った塩結びの三種だ。たかが塩と侮《あなど》るなかれ、ミネラル豊富な海塩はご飯の甘みを引き立てる。煎って擂ったばかりのゴマの香ばしさだってまさにご馳走《ちそう》。お米のおいしさを噛みしめられる珠玉《しゅぎょく》の一品なのだ。

陽が落ちると同時に『営業中』の札を手にからからと格子戸を開けた琳也は、開店を待つ客の姿に破顔した。

「いらっしゃい！」

「おお、ようやく開店したか」

「張り紙が出てるって聞いて駆けつけたぜ」

二人の客は半裸だった。顔には大きな木の仮面をつけている。なめらかな表面に立体的に彫られた顔は異様に目が大きく、宇宙人や胎児を思わせる不気味さがあったが、琳也はこの二人とは古馴染みで、気さくでいい人だと知っていた。

「レオさま、ナイさま、ありがとうございます。まだ試運転だけど、すっごくうまい飯用意したんで、堪能《たんのう》してってください」

二人とも本当はとても長くて立派な名前を持っている。だが、発音が難しい上に子供の琳也には覚えられなくて困っていたら、レオさま、ナイさまと呼ぶことを許してくれたのだ。

席に着くと、レオさまが掌を擦り合わせる。

「さて、おまえさんの男は何を食べさせてくれるんだ？」

「は？　お、俺のオトコって……っ」

ぎょっとして固まってしまった琳也の代わりに剛毅が口を開いた。

「プレオープンなのでお結び三個に味噌汁、それから好きな小鉢を一つというセットのみだ」

じんと胸が熱くなる。異形たちにあれだけ警戒心を抱いていた剛毅が、接客の手伝いをしてくれるなんて……！

イケる……！

「いつものお酒もありますよ」

「じゃあ両方とも二人前」

――ちょーだい、りんりん。

気がつけば二人の隣の椅子の背にオカメインコがちょこんと止まっていた。嘴にちゃんとコインをくわえている。客としての食事をご所望《しょもう》なのだ。

「かしこまりました。少々お待ちください」

たった三人ではあるが客が来てくれた。

剛毅が小さな盆に載せた三種類の小鉢から食べたいものを選んでもらっている間に、琳也は味噌汁をお椀につぎ、あらかじめ用意してあったお結びを三種類、竹の皮の上に並べた。

料理が目の前に並ぶと、客は仮面の下部を持ち上げ、口元を覗かせる。

三角の塩結びの頂点を大きく齧り取り、味わうようによく噛む様子を琳也は固唾《かたず》を呑んで見守った。

一口目を嚥下《えんげ》した仮面の男が顔を綻ばせる。

「癖のある面白い味だな。悪くない」

「……なんで塩結び食べた感想がそれなんですか？」

思わず突っ込んでしまった琳也は悪くない。

＋

＋

＋

それからもぽつりぽつりと訪れてくれた客のおかげで小鉢はすべてなくなった。最後の客を送りだし、飯屋を閉めたのは日づけが変わる頃で、剛毅もさすがに疲れた顔をしている。先に風呂をもらうと、琳也は二階へと上がった。飯屋は木造で階下の物音がよく聞こえる。風呂場の水音が聞こえ始めるのを待ち、琳也はこっそり剛毅の部屋——元じいちゃんの部屋へ忍び込んだ。

剛毅のバックパックは、すぐ見つかった。無造作《むぞうさ》に部屋の隅に置かれていたのだ。口を大きく開き、中へ手を突っ込む。目的のモノに指先が触れると、琳也はこくりと唾を呑み込んだ。しっかりと掴み直し、そろそろと手を抜き出す。

「重……」

バックパックの中から出てきた琳也の手には銃があった。

やはり玩具《おもちゃ》のようには見えない。見ているだけで心臓がペースを速め、手が汗ばんでくる。

どうして剛毅はこんなものを持っているのだろう。

弾が入っているかどうか確かめたかったが、どうすれば弾倉が開くのかわからなかった。ざっとバックパックの中を探ってみたものの、弾らしきものはない。ひとまず剛毅に見つけられなさそうな場所に隠しておこうと両手で恐々持って入口へと向き直り――琳也は銃を放り出しそうになった。

剛毅がいた。上半身裸で、濡れた髪をタオルで拭いながら。

一瞬銃を構えようかどうしようか悩んだものの、結論が出る前に踏み込んできた剛毅によって銃身を掴まれる。

「あ……」

剛毅は琳也から奪い返した銃をジーンズのウエストにねじ込んだ。

「それ……本物？」

好奇心を抑えきれず尋ねると、わずかに目が細められる。

「玩具に見えるか？」

「初めて見たから……」

「ああ、日本では銃器の所持が禁止されているんだったな」

膝を突いている琳也の前にしゃがみ込むと、剛毅は暗く沈む瞳に琳也を映した。

「残念ながら弾はもう使い果たした。盗んでも俺は殺せないぞ」

殺す？

ばくんと心臓がいやに大きく跳ねた。

そうか。銃は人を殺す道具だ。そして琳也はこの残虐《ざんぎゃく》非道《ひどう》な男に酷いことをされた。厭だと言うのに押し倒されて、尻にこの男のあんなモノをねじ込まれて。報復したいと思って当然だ。

「……ち、違う。そんなことする気ない。俺はただ、気になっただけで」

そう。気になっただけ。本当に露ほども思わなかった。殺そうとは。

――どうして？

溜息が聞こえた。

「最初から思っていたが、おまえ、警戒心なさすぎだ」

どうしてそんなことを言われるんだろうときょとんとしていると、頬に触れられた。親指の腹がそっと唇をなぞる。

「いいか？　どれだけ溜まっていたにしても、好みでない相手には勃《た》たん」

――――ん？

琳也はまじまじと剛毅の顔を見返した。

どういう意味だろう。好みではなければ勃たない？　でも、俺をアレした時の剛毅のソレはそれは元気だった。

ということは、好みということになるのか？

俺が？　剛毅の!?

一瞬で体温が上がる。躓《つまず》きそうになりつつ飛び退くと、剛毅の唇の端が微妙に上がった。笑みというには底意地の悪い表情に、琳也は冗談だったのではないかと一縷《いちる》の希望を抱いたが――

「合意なしに押し倒したりしないと約束したが、夜に寝室に忍んで来るということは襲ってもいいということだな？」

唇に触れたばかりの親指を獣じみた舌使いで舐めて見せられ鳥膚が立った。

びたんと背後の壁に張りつく。そのまま壁際を伝うようにして入口へと向かい、琳也は脱兎《だっと》のように部屋から逃げ出した。

「お、お、おやすみ……っ」

背後から聞こえてきたおやすみの声は、明らかに笑っていた。

四、二夜目

目が覚めて二階から下りてゆくと、庭に干された洗濯物が昇ってきたばかりの朝日を浴びていた。厨房を覗くと明日洗おうと水に浸けておいた食器がきれいに片づいている。料理ができない分、片づけはするつもりだったのに出遅れてしまったらしい。

夜明けと同時に起き出してきたというのに全部終わってしまっているとは。剛毅は一体何時に起きたのだろう。

「おはよう、ございます」

剛毅は、煙草を吸いつつカウンターに広げた昨夜の売上を眺めていた。

「起きてきたか」

挨拶しつつ入ってゆくと手招きされる。何も考えずに近づくと、顎をすくい上げられドキリとした。

——な、何……？

だが、別に邪《よこしま》な意図はなかったらしい。剛毅の視線は首筋に薄赤く残る傷へと向けられている。

――あ……なんだ、傷の具合を診《み》たかっただけか……。

やがて満足したのか剛毅は手を離し、くわえていた煙草を灰皿で押し潰した。

「朝飯にしよう。昨夜の残りをあたためる」

厨房に入ろうとする剛毅を琳也は急いで押し止める。

「俺がやる。その、洗濯とかすっかりやってもらってしまって、ごめん。明日からは俺がする」

「気にするな。眠れない時間潰しだ」

「……剛毅って、ショートスリーパー？」

あまり寝てないらしいことは、襖越しに伝わってくる気配で気がついていた。

「おまえもあんなに遅く布団に入ったのに何度も目を覚ましていたな。――寝る前の遣り取りのせいか？」

琳也は首がもげそうなくらい激しく首を振って否定した。

べつにおれがごうきのこのみであろうがなかろうがどうでもいいし。

昨夜ラップで包んでおいた握り飯をレンジにかけ、コンロに火をつける。剛毅の視線がやけに気になって落ち着かない。あっちを向いていて欲しいと念じていると、剛毅は再び椅子に腰をかけ、売り上げの一つを摘まみ上げた。

「定食と釣り合う代価《だいか》には見えないな」

「その辺はほら、俺たちの価値観と彼らの価値観は違うから」

カウンターの上に広げられた品々をしまい始めると、桃色の花をくわえたマメルリハが琳也の胸ポケットから出てきて裁縫箱の縁に飛び降りた。しげしげと収められた品々を眺めているのにはかまわずチンできた握り飯を剛毅に渡すと、早速ラップを剥いて食べ始める。

「今日はこれからどうするんだ？」

「俺が持ってきた食材は使い尽くしてしまったから仕入れをしないと。市場に行こうと思うんだけど、どう？」

剛毅が顔を顰め、手についた飯粒を舐め取った。昨夜カウンター越しに遣り取りしたとはいえ、まだ異形たちに抵抗があるらしい。

「大丈夫だよ。俺がついてる。行こう？　何かあったらちゃんとフォローしてあげるから」

昨夜、剛毅がしてくれたように。

元気づけてやったというのに、剛毅は変な顔をした。

「……頼もしいな」

ショコラコミックス
好評発売中!!

「泡沫の鱗」
ソライモネ

ショコラコミックス
8月下旬発売

「hide-and-seek」
あじみね朔生

ショコラ文庫
既刊好評発売中！

●藍生 有
「王子たちの蜜宴」
イラスト／麻生ミツ晃
●浅見茉莉
「星模様恋模様」
イラスト／山田シロ
「子どもには秘密。」
イラスト／街子マドカ
「誓約の傷」
イラスト／周防佑未
「暴君に降伏せよ」
イラスト／あじみね朔生
「偏愛シンメトリー」
イラスト／Ｃｉｅｌ
「猫とパン屋といじっぱり」
イラスト／上田規代
●あすか
「初恋の奴隷」
イラスト／みずかねりょう
「ヤクザな俺に猫耳が生えた結果」
イラスト／亜樹良のりかず
「桃色砂漠」
イラスト／三尾じゅん太
「砂漠の男神子」
イラスト／香林セージ
●天瀬いつか
「アネモネと嘘」
イラスト／ビリー・バリバリー
●綾ちはる
「イエスタデイをかぞえて」
イラスト／黒沢要
「あなたに恋はしたくない」
イラスト／北沢きょう
「彼の愛した翠色」
イラスト／松岡なお
「王子さまは子供部屋に眠る」
イラスト／御園えりい
「神様の庭で廻る」
イラスト／カゼキショウ
「月の檻のフーゴ」
イラスト／真青
「Ｇｉｆｔ」
イラスト／小椋ムク
「猫の笑う、幸せの棲家」
イラスト／みずかねりょう
「サンドリヨンの指輪」
イラスト／ｙｏｃｏ
「ハロー、マイアリス」
イラスト／陵クミコ
●淡路 水
「ろくでなし男の躾け方
～美人刑事神渡環希の憂鬱～」
イラスト／巡
●安西リカ
「あなたが教えてくれた色」
イラスト／梨とりこ
●いとう由貴
「月と砂漠の眠る夜」
イラスト／せら
「砂漠の月に抱かれて」
イラスト／せら
「砂漠に咲く花」
イラスト／せら
「砂漠に舞う蝶」
イラスト／せら
「砂漠の真珠」
イラスト／せら
「砂漠の夜に見える月」
イラスト／せら
「禁断の罪の果実」
イラスト／みずかねりょう
「偽りのゲーム」
イラスト／北沢きょう
「キスと野獣」
イラスト／緒田涼歌
「禁じられた恋人」
イラスト／石田要
「うたかたの月」
イラスト／みずかねりょう
「双樹煉獄」
イラスト／サマミヤアカザ
●犬居のすけ
「潔癖わんこのしつけ方」
イラスト／北沢きょう
「寡黙なシュガーラブ」
イラスト／上田規代
●犬飼のの
「猫の王国」
イラスト／ｙｏｃｏ
●今城けい
「奇縁愛艶宿縁の」
イラスト／みずかねりょう
●尾上セイラ
「海辺のライムソーダ」
イラスト／みずかねりょう
「千の夜とジンの鍵」
イラスト／小椋ムク
「王子と野ばら」
イラスト／サマミヤアカザ
「酒は愚を釣る色を釣る」
イラスト／まりぱか
●鹿嶋アクタ
「振ってやるから、俺が好きだって白状しろ！」
イラスト／桜城やや
「魔王様、弱くてニューゲーム」
イラスト／亜樹良のりかず
「淫魔にもできる簡単なお仕事です」
イラスト／亜樹良のりかず
「傭兵メイドのＭＩＰ」
イラスト／ヒノアキミツ
「傲慢皇子と叛逆の花嫁」
イラスト／石田 要
●一咲
「ファミリー・レポート」
イラスト／ひなこ
「いとしき伴星の名を述べよ」
イラスト／苔谷赤
「ファミリー・レポート 2」
イラスト／ひなこ
●如月 静
「万年筆とチョコレート」
イラスト／北沢きょう
「恋になるまで」
イラスト／桜城やや
●紀里雨すず
「皇帝が愛した小さな星」
イラスト／みずかねりょう

●桐嶋リッカ
「人魚王子と泡沫の恋」
イラスト／yoco

●楠田雅紀
「棘だらけの求愛」
イラスト／たらつみジョン
「優しい鬼の封じ方」
イラスト／北沢きょう
「ダメ犬の生存戦略～家族になろうよ～」
イラスト／駒城ミチヲ

●くもはばき
「ガンダーラにはまだ遠く」
イラスト／たらつみジョン

●月東湊
「先生、それでも愛してる。」
イラスト／北沢きょう
「鳥の国の花嫁」
イラスト／御園えりい

●越水いち
「ロマンスの鐘が鳴る」
イラスト／石田要
「刑事たちのファミリー・シミュレーション」
イラスト／松尾マアタ

●小塚佳哉
「熱砂の王1～2」
イラスト／緒田涼歌
「赤い砂塵の彼方」
イラスト／緒田涼歌
「裏切者」
イラスト／サマミヤアカザ

●小鳥屋りと子
「びんぼう草の君」
イラスト／カゼキショウ
「可愛いお風呂屋さん」
イラスト／八千代ハル

●さくら芽留
「馬鹿と嘘と恋」
イラスト／陵クミコ
「ないしょの魔法使い」
イラスト／北沢きょう
「主人様とマゾヒスト」
イラスト／亜樹良のりかず
「百年の恋」
イラスト／円陣闇丸
「黒太子の純愛」
イラスト／宝井さき
「ワイルド・ワイルド・ウエスト」
イラスト／雪舟薫
「野蛮人の求愛」
イラスト／三谷

●高遠琉加
「ここは限界ハウス」
イラスト／三尾じゅん太

●手嶋サカリ
「僕の、なれない君」
イラスト／御景椿
「藍より昏く秘めやかに」
イラスト／amco
「プライベートバンカー」
イラスト／小椋ムク
「蟻の婚礼」
イラスト／Ciel

●凪良ゆう
「散る散る、満ちる」
イラスト／海老原由里
「まばたきを三回」
イラスト／円陣闇丸
「あいのはなし」
イラスト／小椋ムク
「ショートケーキの苺にはさわらないで」
イラスト／草間さかえ
「愛しのニコール」
イラスト／yoco
「2119 9 29」
イラスト／草間さかえ

●名倉和希
「愛に目覚めてこうなった」
イラスト／伊東七つ生
「殴らないでください」
イラスト／みずかねりょう
「愛の狩人」
イラスト／北沢きょう
「愛の子羊」
イラスト／北沢きょう
「恋の病が重すぎて」
「花は陽に向かう」
イラスト／門地かおり
「白百合王の調教」
イラスト／石田要

●白露にしき
「変態いとこは黒ヒョウに夢中」
イラスト／サマミヤアカザ
「憑いていきます」
イラスト／篁ふみ
「きれいな俺が好きですか？」
イラスト／北沢きょう
「も送れば恋に落ちる」
イラスト／石田要

●鳩かなこ
「愛に溺れるバンビーノ」
イラスト／Ciel

●鳩村衣杏
「眠れる森の弟」
イラスト／みずかねりょう
「ヘンゼルと魔王の家」
イラスト／海老原由里
「白雪姫の目覚め」
イラスト／南田チュン
「狼さんは、ふかふか？」
イラスト／宝井さき
「恋という字はどう書くの」
イラスト／亜樹良のりかず
「僕はあなたに飼われたい」
イラスト／陵クミコ
「禁足～人魚姫の復讐～」
イラスト／兼守美行
「記憶にない恋」
イラスト／八千代ハル

●火崎勇
「ただ一人の男1～5」
イラスト／亜樹良のりかず
「恋愛ビースト」
イラスト／宝井さき
「花喰いの獣1～2」
イラスト／亜樹良のりかず
「階段を下りたラプンツェル」
イラスト／ハコモチ
「背中で恋を語るな」
「しっぽだけ好き？～恋する熊猫～」
イラスト／小椋ムク

●松岡なつき
「銀の眠り、金の目醒め」
イラスト／みずかねりょう

●水杜サトル
「月夜に眠る恋の花」
イラスト／御園えりい
「キスの誘惑　蕩ける身体」
イラスト／御景椿
「王は花冠で求愛する」
イラスト／北沢きょう

●水白ゆも
「にわか雨の声」
イラスト／篁ふみ
「ツキミノル」
イラスト／れの子
「王と緋の獣人」
イラスト／円陣闇丸
「さよならピリオド」
イラスト／itz
「花宿人」
イラスト／みずかねりょう

●宮緒葵
「地獄の果てまで追いかける」
イラスト／葛西リカコ

●本宮榎南
「狸といっしょ」
イラスト／三尾じゅん太
「鼬といっしょ」
イラスト／三尾じゅん太

●結城一美
「S.S.SP」
イラスト／亜樹良のりかず
「エゴイスティックな相棒」
イラスト／麻生ミツ晃
「SP DOG」
イラスト／亜樹良のりかず
「鷹の褥でねむる龍」
イラスト／亜樹良のりかず
「麻薬のような男」
イラスト／海老原由里
「法廷外恋愛闘争」

イラスト／麻生 海
「彼は死者の声を聞く」
イラスト／梨とりこ
「あの日、校舎の階段で」
イラスト／麻生ミツ晃
「ボーダー」
イラスト／yoco
「つみびとの花」
イラスト／上田規代

●さとむら緑
「お前の胸に訊いてみろ」
イラスト／みずかねりょう
「きみは藍色の夜に生まれた」
イラスト／サマミヤアカザ
「持たざる者、その名は童貞」
イラスト／桜井りょう
「魔法のない国の王子」
イラスト／円陣闇丸
「いちご牛乳純情譚」
イラスト／テクノサマタ
「月夜ぎんいろ山犬異聞」
イラスト／梨とりこ

●佐野裕貴
「東京純情コンバース【上】【下】」
イラスト／amco
「抜群で行こう！【上】【下】」
イラスト／amco

●S-i
「愛しい犬に舐められたい」
イラスト／亜樹良のりかず

●千地イチ
「さいはての庭」
イラスト／伊東七つ生
「初恋インストール」
イラスト／itz
「不機嫌なシンデレラ」
イラスト／小椋ムク

●高尾理一
「下僕の恋」
イラスト／葛西リカコ
「お侍、拾いました。」
イラスト／亜樹良のりかず
「ファミリー・バイブル」
イラスト／小椋ムク

イラスト／桜城やや
「王子様と鈍感な花の初恋」
イラスト／ひゅら

●夏生タミコ
「箱庭のチェリー」
イラスト／みずかねりょう
「あの夏の夜、恋をしていた。」
イラスト／yoco
「ためらいといたずら」
イラスト／ひなこ

●夏乃穂足
「ブルームーン、ブルー」
イラスト／北沢きょう
「終わることのない悲しみを」
イラスト／三枝シマ
「茜色デイズ」
イラスト／本間アキラ
「くろねこのなみだ」
イラスト／六芦かえで
「君の瞳のデイジー」
イラスト／御園えりい
「グッバイ、マイドッグ」
イラスト／上田規代

●成瀬かの
「若と馬鹿犬」
イラスト／海老原由里
「砂の国の鳥籠」
イラスト／三枝シマ
「愛がない」
イラスト／三尾じゅん太
「俺はくまちゃん」
イラスト／友江ふみ
「さよなら」
イラスト／小椋ムク
「獣の理Ⅰ～Ⅱ」
イラスト／円陣闇丸
「残念な情熱」
イラスト／雨澄ノカ
「死にたがりの吸血鬼」
イラスト／街子マドカ

●西野 花
「感じやすい傷痕」
イラスト／かなえ杏

イラスト／砂河深紅
「贅沢な恋のアヤマチ」
イラスト／user
「屋根裏の猫」
イラスト／海老原由里
「慈しむ獣 愛す男」
イラスト／兼守美行
「俺様人魚姫」
イラスト／れの子
「不可思議よりも愛でしょう！」
イラスト／あじみね朔生
「アナタの見ている向こう側」
イラスト／松尾マアタ
「愛の才能」
イラスト／陵クミコ

●ひのもとうみ
「遠くにいる人」
イラスト／松尾マアタ
「それが愛だとするならば」
イラスト／小椋ムク
「ソネット」
イラスト／金ひかる
「隣りにいる人」
イラスト／松尾マアタ
「青くて、甘い」
イラスト／金ひかる
「嘘とホープ」
イラスト／御景椿

●妃川 螢
「恋じゃなくなる日」
イラスト／緒田涼歌
「雪のマーメイド」
イラスト／みろくことこ

●本庄咲貴
「狐狼の褥」
イラスト／亜樹良のりかず

●真崎ひかる
「過激で不埒な課外授業」
イラスト／六芦かえで
「カモフラージュ」
イラスト／上田規代
「しっぽが好き？～夢見る子猫～」
イラスト／小椋ムク
「寡黙な野獣のメインディッシュ」
イラスト／三尾じゅん太

「午後9時からは恋の時間」
イラスト／みずかねりょう

●弓月あや
「侯爵の花嫁」
イラスト／緒田涼歌
「運命の花嫁」
イラスト／緒田涼歌
「甘い微熱」
イラスト／緒田涼歌
「三日月姫の婚姻」
イラスト／笠井あゆみ
「はつ戀」
イラスト／Ciel

●義月粧子
「からまる嘘と誤解」
イラスト／Ciel
「駆け引きはバーにて」
イラスト／サマミヤアカザ
「仕事とエロと、ときどき感傷」
イラスト／御景 椿
「やばいキスほどいい」
イラスト／秋山
「逃げ惑う従順な獲物」
イラスト／桂小町
「さかしまな恋」
イラスト／Ciel
「傲慢上司と生意気部下」
イラスト／れの子
「エッチのうまいイケメンがなぜ俺を口説くのかわからない」
イラスト／北沢きょう

●李丘那岐
「恋を教えて」
イラスト／せら
「ご主人様と庭師」
イラスト／麻生ミツ晃
「ディア・マイ・コンシェルジュ」
イラスト／松尾マアタ
「光の竜は闇を抱く」
イラスト／笠井あゆみ
「百ヘクタールの愛をきみに」
イラスト／篁ふみ
「獅子王子と運命の百合」
イラスト／北沢きょう

ショコラ文庫最新刊！

8月のラインナップ

「神さまの飯屋」
成瀬かの イラスト／伊東七つ生
常夏の異世界で、料理上手な訳あり男・剛毅と飯屋を営むことになった琳也は……。

「エロウサギでごめんなさい」
白露にしき イラスト／駒城ミチヲ
イラストレーターの明史は、性的興奮によりウサ耳と尻尾が出るという特異体質があり…。

2018年9月のラインナップ（ショコラ文庫9月7日発売予定）

「タイトル未定」
安西リカ イラスト／ミドリノエバ

「タイトル未定」
さとむら緑 イラスト／亜樹良のりかず

「なんで目を逸らすわけ？」

失礼な男だ。だが、この男のおかげで琳也は昨夜じいちゃんの飯屋を再び開けることができた。

――お尻の違和感もなくなってきたことだし、昨日の話はひとまず忘れることにしよっと。『何でも願いを叶えてくれる宝玉』が手に入るまでの期間限定だとしても、うまくやってゆきたいし。

食事が終わるとざっと片づけて出かける準備をする。剛毅は最初のTシャツとジーンズに着替え、大きなリュックサックを背負った。琳也は藍染のリネンシャツにハーフパンツ。大きなバッグを肩にかけ、裁縫箱の取っ手を掴む。

「じゃあ、行こうか」

飯屋を出ると、いつもと同じ強烈な陽射しに一気に体感温度が上がる。市場にはすでに大勢の異形たちが集っていた。

「おはよう」

琳也は顔見知りに挨拶しつつ、端から露店を眺め始める。山積みになったココヤシやパンノキの実から始まり、朽ちた骨、錆びた砲弾や銃剣まで売り物は幅広い。

「……サンマがある」

秋が旬だったような気がするのに、脂が乗ったサンマが鮮やかなコバルトブルーの魚の隣に山積みになっているのに琳也も剛毅も瞠目した。

「今朝取れたてのサンマだよ！　どうだい琳也ちゃん。生だよ、うまいよ！　牡蠣《かき》もいけるよ！」

「サンマの塩焼き、おいしいよね……」

メインにすることにして、持ってきたポリ袋の中に入れてもらう。持ちやすいように剛毅が大きなリュックサックに詰めている横で、琳也は裁縫箱を開いた。中を一瞥した店主が花を手に取る。朝、マメルリハがくわえてきた桃色の花だ。置き忘れていったらしい。

「これでいいぜ。毎度あり！」

そのまま口に放り込み食べてしまう。ぎょっとして見ていると、剛毅が裁縫箱の蓋を閉めてくれた。

「いつも相手に代価を選ばせているのか？」

「え？　うん。言っただろ、彼らの価値観は俺たちとは違うって。俺たちが価値があると思ったものを差し出したところで、彼らが気に入らなければ何も売ってもらえないんだ。ずるされると思うかもしれないけど、野花一輪でサンマ二十二匹もくれたりするんだから、問題はないと思う。肉じゃが定食一人前のために『何でも願いを叶えてくれる宝玉』をくれることもあるんだし」

生きた鶏や豚が売られている一角を通り過ぎる。ここに用はないし臭うから早く通り過ぎたかったが、剛毅はわざわざしゃがみこんで繋がれた大きなウミガメを物珍しそうに眺め始めた。

日よけの下でぼーっと待っていると、ひんやりとした空気に膚を撫でられる。

「あれ……？」

太陽の前を雲が横切ったのだろうか。景色から精彩《せいさい》が失われてゆくのに気づき振り仰いだ琳也はぎくりとした。

いつの間にかすぐ横に黒衣を纏った異形がいた。見上げるほどに背が高く、顔があるべき場所からは白い鳥の頭蓋骨《ずがいこつ》が突き出ている。男の声はカラスのように甲高《かんだか》く、ひび割れていた。

「大丈夫かね、君のつがいは」

剛毅は琳也たちには目もくれず店主とやりとりしている。その声は妙に遠く、見えない壁に阻まれてでもいるかのようだ。

異様な雰囲気に、琳也はごくりと唾を呑み込む。

「大丈夫って、何がですか？」

「面倒なのに取《と》り憑《つ》かれている。あれは早く祓《はら》った方がよい」

剛毅が、取り憑かれている――？

「祓う？　何を？　どうやって？」

「〝よくないもの〟だ。夢の中で殺せば追い出せる」

「あなたは――」

「おい」

いきなり肘を掴まれ、琳也は我に返った。向こうでお喋りしていたはずの剛毅が眉間に皺を寄せ、琳也の顔を覗き込んでいる。

「大丈夫か？」

「え……？　あ、うん」

話はまだ終わっていない。続きを聞こうと黒衣の異形の顔を見上げようとし――琳也は瞬いた。

いない……？

きょときょと辺りを見回してみるが、それらしい姿さえない。

「大丈夫だけど、今の人は――」

「今の人？　誰のことだ？」

剛毅は何かに熱中しているように見えてもそれとなく周囲を把握している。それなのに、黒衣の異形の存在に、気づいてすらいなかったらしい。

すっかり冷えてしまった指先を握り込む。

あれは俺にだけ見えていたのだろうか。それとも剛毅にだけ見えていなかったのだろうか。でも、なぜ？　剛毅と俺とでは何か違うのか？

「行くぞ」

急に手を引っ張られ、先刻までとは違う意味で心臓がどくんと跳ねた。

「えっ、ちょっ、何……!?」

琳也の手が、剛毅の手にすっぽりと包みこまれている。だが、剛毅の態度はあくまでそっけない。

「迷子になられたら困る」

「俺は子供じゃない……っ」

「だが、ぼーっとしていた。暑さで頭をやられたか？」

やられてないし、手を繋ぐ必要はない。ないけれど……冷えた指先に剛毅の熱は心地《ここち》よく、琳也は繋がれた手を小さく握り返してしまった。

剛毅がちらりと琳也を振り返る。

「おまえ……」

「あ、あれ！　あの果物、買っていこう」

琳也が剛毅を引き止めたのは、色鮮やかな果実を山のように積んだ露店の前だった。周囲にはなんとも言えない甘いにおいが漂っている。

「これは？　見たことのない果物だが」

「ここの連中に大人気の果物。割ると中にジューシーな果肉が入ってる。じいちゃんがよくオプション用のデザートに仕立ててたんだけど、いつ出しても飛ぶように売れてた。一人で二個も三個も十個もオーダーする客さえいたくらいだ。まあ、独り占めしようとした客は他の客にフルボッコにされてたけど。ただ、人間が食べると酔ったようになっちゃうから、多分アルコールが入っているんだろうってことで俺はほとんど食べさせてもらえなかったんだよな。でももう俺は大人だし、久々に食べてみたい」

「ほう」

剛毅が果物を一つ取りしげしげと眺めていると、暑いというのに深くかぶったフードの下、炯々《けいけい》と目を光らせた店主が、試食用に一個割ってくれた。果汁滴るオレンジ色の果肉を口に運ぶ剛毅を眺める琳也の顔からすっと笑みが消える。

——あの異形は、剛毅が取り憑かれていると言った。

「夢の中で殺せばいいって言われたけど、そもそも夢の中になんてどうやって行けばいいんだろ」

「ん？」

思わずこぼしてしまった独り言に剛毅が反応する。琳也は慌てて愛想笑いすると、裁縫箱を差し出した。

「どうだった？　買ってゆく？」

そう、何食わぬ顔で言って。

＋　＋　＋

「こんばんわあ」

夜も更け、そろそろ暖簾《のれん》を下ろそうと思い始めた頃、二足歩行する大熊がからりと格子戸を開けて入ってきた。

「あ、リリさん」

この大熊にも舌を噛みそうな名前があるのだが、琳也は小さな頃から略称で呼ばせて貰っている。ちなみにオスだ。

「あら、琳也ちゃん、元気?」

「はい。こちらへどうぞ。……あの、剛毅。この方、お隣のリリさん」

飯屋の隣がリリさんの家だ。これから関わることもあるだろうと一応紹介すると、剛毅は頷いた。

「知っている」

「あっ、そうなんだ」

意外だったが、一カ月もここをねぐらにしていたのだ。お隣さんくらい知っていても不思議はないかと思いつつ、カウンター席へと案内する。

お品書きを眺めたリリさんが象形文字のような筆文字にくすりと笑った。

「相変わらず個性的な字を書くわねえ」

「今夜はサンマがおすすめです」

席に座ったリリさんの背中に琳也はもふんと抱きつく。野生の熊と違って綺麗好きで手入れを欠かさないリリさんの毛はふかふかだ。目を瞑って顔を埋め、焦げ茶色の毛並みを思うさま堪能してふと目を上げると、剛毅が琳也を見ていた。

「ん？　何？」

「おまえ……客相手に何をしているんだ？」

「あ？　……あー、リリさんと会うともふらせてもらうのがお約束みたいになってたから、つい。あの、メインは他におでんがあるけど、どっちにしましょう？」

サンマはもう最後だった。おでんも残り少ない。二日目にしては上々の戦績ではないだろうか。

「じゃあサンマもらおっかなー。お酒もお願い」

「はい。あ、俺がやるから」

もう客はほとんど残っていなかった。剛毅が冷蔵庫から一升瓶を取りだそうとするのを制し、琳也はカウンターの内側に回って升に入れたコップに酒を注ぐ。コップの縁を越え溢れ出した酒を眺め、リリさんが嬉しそうに耳をパタパタさせた。

「仲良くやってるみたいじゃない。あんたの嫁なんでしょ？　そのおにーさん」

狙い過ち酒が零れ、琳也は慌てて一升瓶を立てて置いた。

「や……あの……その……」

「真っ赤になっちゃって、かーわいー」

琳也は升ごとコップをカウンターに置く。

「でも、剛毅にも俺にもそんなつもりない、から。ほら、男同士だし、剛毅は他に帰りたい場所があるみたいだし」

リリさんの鼻に皺が寄った。がるると低く唸り声を上げる。

「なあに、それ。ちょーっとそっちのおにーさん、それは男らしくないんじゃないの？　琳也ちゃんの初めてを散らしておいて、帰りたいだなんて！」

琳也は凍りついた。

「初めて……？　え、リリさん、なんでそれ……」

「なんで知ってるかって？　琳也ちゃん、そのおにーさんに聞いてないの？」

剛毅はそっぽを向き、最後のサンマを焼いている。

「琳也ちゃんが帰ってきた晩にね、そのおにーさんが泡食ってうちに駆け込んできたの。あんたが意識を失って目を覚まさない、この辺に病院はないかって」

「え……」

記憶がないと思ったら、俺は意識を失ったのか。

琳也はまじまじと剛毅を見つめる。

好みだから食っただけで、自分のことなど何とも思ってないんだと思っていた。もう入れちゃったし収まりがつかないからなんて酷い理由でしたい放題したくらいである。

でも、この強面《こわもて》が、リリさんのところへ駆け込むくらいには心配してくれていたのかと思ったら、心のどこかがふわりと解けた。

「へえ……そっか……そうなんだ……。あ、じゃあ、もしかして朝食も食べずに俺を見張ってたのも、心配して……？」

剛毅は知らんぷりで味噌汁をよそう。

気まずそうな素振りさえ全く見せない完璧なポーカーフェイス。……だんだんと考えすぎなような気がしてきた。さすがにこの男が琳也のためにそこまで時間を浪費してくれるわけないような気がする。

ことりと小さな音を立てて、リリさんの前に椀が置かれた。

小振りの蟹《かに》を何匹も贅沢《ぜいたく》に投入し出汁を取った味噌汁は、具こそ刻んだネギだけだが、一口飲めば濃厚な潮の味わいが五臓六腑《ごぞうろっぷ》に染みわたる逸品《いっぴん》だ。

昨日はお結びにしたが、今日のご飯は何の混ぜ物もしていない。サンマには何よりシンプルな白いご飯が合うからだ。

メインのサンマには脂がたっぷり乗っていた。皮のところどころに残る塩の結晶が食欲をそそる。焼き上がったばかりでまだ脂がじゅうじゅう言っているサンマに大根おろしを添えると、剛毅は熊の大きな前肢《まえあし》の間に皿を置いた。

大熊がすんすんと匂いを嗅ぐ。

どれから手をつけようか迷う様子を見せたものの、セオリー通りぐいっと味噌汁を飲むと大熊は長々と息を吐いた。

「まだ味が尖っているけど、ほのかに甘いわね。今しか賞味できない味だし、通が好みそう」

この島の者は味覚が違うのだろうか。

「甘い、かな。俺は結構潮の味が強いと思ったけど」

大熊が頬に前肢を添え、ふふ、と笑う。

「あらごめんなさい。そうね、蟹を使ったのかしら、出汁がすごく効いているし、刻んだネギの食感も爽やかで、とってもおいしいわ」

ちゃんと食材の味を感じてはいるらしい。まだ釈然《しゃくぜん》としない顔をしている琳也を、リリさんが引っ張って隣に座らせた。

「もう店仕舞いなんでしょう？　琳也ちゃんも一緒に飲みましょ？」

「えっ、いや、俺は……」

「あんたの言うところのレオとナイがつき合い始めたって話、知ってる？」

「何それ！」

ことりと小さな音を立てて、琳也の前にも酒のコップが置かれる。すでに店内に、リリさん以外の客はいない。

味噌汁の椀にご飯、それから残ってしまったおでんまでカウンター越しに渡され、琳也はごくりと生唾《なまつば》を呑み込んだ。

「あの……剛毅、ごめん……」

じゃがいもに卵、がんもどき。大根にはよく味が染みて茶色くなっている。噛み締めればじゅわりと口の中につゆが溢れだすに違いない。

我慢できず、琳也は箸を手に取った。剛毅の料理はやっぱり優しい味がした。

五、三夜目

「おはようございます」

寝足りなさを感じつつ階下に下りてゆくと、やっぱり剛毅が起きていた。顔を出したばかりの朝日を眺めつつ、煙草を吸っている。

「おはよう」

赤く焼けた空の端がとても綺麗だ。

琳也はよろよろと進み出て剛毅の隣に座り込んだ。

「目がちゃんと開いてないぞ。無理して俺に合わせて起きる必要はない」

「あんたに合わせたわけじゃなくて、目が覚めてしまうんだ。会社辞めたらぐっすり眠れるようになると思ってたんだけど……」

あふ、と口に手を当てて生あくびを噛み殺す。剛毅が指で琳也の髪を梳くが、派手な寝癖はまったく言うことを聞こうとしない。

「朝が早い仕事だったのか？」

「そうじゃなくて、俺、勤め始めてからすごく眠りが浅くなってしまったんだ。疲れてるしもっと寝たいんだけどちょっとした物音や光で目が覚めてしまう。遮光カーテンをしても、壁との隙間からわずかに漏れる朝日だけでアウト。アパートに住んでいたころは、他の部屋の住民のドアの音で何度も起こされて、切れそうだった」

「上司のぱわはらによるストレスのせいか。訴えようとは思わなかったのか？」

琳也は目を伏せた。

「俺はトロくてミスも多かったから、人のことをとやかく言える立場じゃなかったってゆーか」

ただひたすらに、早く文句のつけようがないくらい仕事ができる男になって、上司を見返してやりたいと思っていた。

溜飲《りゅういん》を下げる前にすべてが破綻《はたん》してしまったけれど。

「何があった」

琳也はことさらに明るく、何でもないことのように言った。

「またミスしちゃったんだ。全然覚えてないんだけど、上司に発注を指示されてたみたい。でも覚えてないくらいだからもちろん手配されてなくて、先方に怒られた上司が、電話を切るなり顔を真っ赤にして向かってきて――」

なぜ言う通りにしなかったと怒鳴られた。わけがわからなくて何のことか聞いたら、胡麻化して俺のせいにする気かと髪を掴まれた。

机に頭を叩きつけられると思った。

かあっと頭に血が昇る。

脂ぎった手を振り払い殴ってやれたらと思った刹那、かすかに鳥の囀りが聞こえ、琳也ははっとした。

——来る。

彼らには琳也の心の声が聞こえるのだ。

止めるべきだとわかっていたが、琳也は口を噤んだ。

風を感じた次の瞬間には十羽を超える鳥たちが琳也の影から力強く飛び立ち、上司に飛びかかっていた。ばたばたと羽ばたきつつ爪を立て、嘴で肉をねじ切ろうとする。

カラフルな鳥たちがちゅりちゅりと可愛らしく鳴きながら上司を襲う様はどこか陽気で、異国の残虐な祭祀のようだった。

無様な悲鳴を上げる上司に、琳也は暗い愉悦を覚えた。ざまあみろ、俺に暴力を振るった報いだ——。

でもその時、声が聞こえた。

「なんだよ……なんなんだよ、これ。おまえがやらせてんのか……？」

琳也たちがいたのは、人目のない倉庫でも会議室でもなく、午後のオフィスだった。当然他の同僚たちもいた。ぐるりと見回すと、全員が琳也を見ていた。

——化け物を見るような目で。

歓喜は一瞬で掻き消えた。

学生の頃にも何回か同じようなことがあった。

琳也が落とした消しゴムを他の子が何食わぬ顔をして使っていたら学校にいるはずもないオカメインコがくわえてトコトコ返しに来たり。琳也の悪口を言っていた子の持ち物をセキセイインコの群れが片っ端から窓から放り出したり。

今回鳥たちがしでかしたことに比べれば他愛もない悪戯だ。鳥たちが琳也のためにした証拠もない。だが、彼らは案外勘が鋭く、琳也は畏怖《いふ》されるようになった。

——琳也もまた学校では異形だったのだ。畏れ、忌避《きひ》すべき存在。

誰も話しかけてこない、目も合わない、廊下を歩けば皆が琳也を避け、目前に道が開ける。

「鳥たちは前々から上司が俺につらくあたってるってことを知っていて怒ってた。その度に出てこないよう抑えるのに苦労していたんだけど——ついにやっちゃったってわけ」

自分のために怒ってくれたのは嬉しかったが、上司にキサマなんぞクビだと叫ばれてしまった。もう琳也に上司を見返してやる機会は巡ってこない。

何度か飲み会に誘おうとしてくれた同僚たちもあんなのを見た後である、琳也との縁が切れたことを喜んでいることだろう。

「考え過ぎだ」

「あんただって最初、俺に酷い態度を取ったくせに」

「あれは」

「別にいいよ。もう気にしてないから」

それ以上にもう思い出したくなかった。

思い出したら余計なことまで色々と考えてしまう。

「どうにもならないことがあると、自分に言い聞かせるんだ。全然平気まだまだイケる、俺は全然気にしてないって。そうすると案外乗り越えられる。——ある日突然限界が来てしまうこともあるけど」

あの日、琳也は限界に達した。わめきちらす上司に言われた通り退社してアパートに帰ったら、どうしても会社に行けなくなってしまったのだ。スーツに着替えて玄関に立つと、失神しそうなくらい気分が悪くなる。電話の音にも恐怖を覚え、電源を切った。子供じゃあるまいしもっとちゃんとしなきゃいけないのはわかっていたがどうにもしようがなく、琳也は退職届を郵送してサラリーマン生活にピリオドを打った。

剛毅が大きく紫煙を吐き出す音が溜息のように聞こえる。

「吸うか？」

吸っていた煙草を差し出され、喫煙の経験はなかったものの琳也は受け取った。見様見真似で吸ってみる。だが、どこがうまいのかわからない。

「俺は軍人だったんだ。入隊した時はまだガキだったからな。色んな綺麗ごとを信じていた。だが――」

乾いた目が宙を見つめる。その目はもう、理想に燃えてなどいなかった。

「何があったわけ？」

先刻剛毅がしたのと同じ問い。だが、剛毅は琳也のように内心を吐露《とろ》することなく口を噤《つぐ》んだ。

「理想と現実は違ったというだけのことだ」

無骨な指が琳也の手から煙草を奪い口に運ぶ。苦そうに煙を吐き出す剛毅にその先を話す気はなさそうだった。

「……じいちゃんも出征《しゅっせい》したことあるって言ってた。まだ若い頃、南の島へ行かされて死にかけた時、この島に招かれて、救われたんだって」

「それはまた随分古い話だな。おまえの祖父にしては随分高齢に思えるが」

「その分ばあちゃんが若かったから。三十歳も年の差があったらしい。やっぱり御方が見つけて、引き合わせてくれたんだって」

「ほう。——朝飯にするか」

剛毅が立ち上がる。朝日の中、Tシャツの薄い生地《きじ》越しに逞しい躯のラインが浮かび上がった。

エロいな。

ふとそんな風に思ってしまった己に琳也はぎょっとする。男の肩や腰をエロいと思うなんて変だが、エロいものはエロい。

「何だ」

勘が鋭い剛毅にじろりと見られ、琳也はぶんぶんと首を振る。

「何でもないっ」

また昨夜の残り物をあたためて朝食にした。ご飯と味噌汁、それからおでんを少し。味噌汁はやはり珠玉のおいしさで、朝っぱらからうまいうまいとがつがつ食べる琳也に引いたのか、剛毅は椀に一杯食べると、残りを琳也に譲ってくれた。琳也は鍋を抱えるようにして味噌汁を食らい尽くした。ついこの間まで大して食べられなかったのに、食べても食べても食べ足りない気がする。

洗い物を済ませると、剛毅が試してみたい料理があるというので、琳也は家の掃除をした。厨房もそうだったが、使用頻度が高い場所以外はまったく掃除されておらず、特にあまり行かない廊下の先や棚の上などには埃が積もっていたのだ。

その後はまた剛毅と一緒に市場に行くことになった。リュックサックや裁縫箱を装備し、いざ行かんと格子戸を開ける。そうしたら燦燦《さんさん》と陽射しが照りつける南の島ではなく、どこかの公衆トイレの手洗い場が眼前に現れた。

裁縫箱が落ち、派手な音を立てる。

「これは――この島のどこかではないな……？」

剛毅が身を乗り出し、無人のトイレの内部を覗き込んだ。

壁に貼られた白いタイル。三つ並んだ陶器の水盤。奥へと伸びる空間には便器と個室が並んでいる。

琳也はこの景色に見覚えがあった。

「俺が勤めていた会社の近くの……よくランチしに行ったビルのトイレだ、きっと。なんでだろう。何回試しても繋がらなかったのに……」

「ドアを閉めるな」

剛毅が買い出し用のリュックサックを下ろし、戸の間に挟んだ。大股にカウンター席の後ろを通り抜けて姿を消す。階段を駆け上る足音と共に振動が伝わってきた。

何をしに行ったんだろう。

答えはすぐにわかった。すぐに二階から降りてきた剛毅は手にバックパックを掴んでいた。

琳也はようやく気づく。この戸をくぐりさえすれば、アメリカ行きの飛行機に乗れる。剛毅は帰ってしまうつもりなのだ。

——俺の運命の相手なのに。

心が、ざわめく。

「何をぼーっとしている。行くぞ」

剛毅に手首を掴まれ、琳也は狼狽《ろうばい》した。

「え？　俺も行くのか？」

「当然だろう。繋がったタイミングに、会社に近いというこの場所。ぱわはらの決着をつけるために開かれたとしか思えん」

琳也は蒼褪《あおざ》めた。

剛毅は琳也を上司や同僚たちと対峙《たいじ》させるつもりなのだろうか。

「い……いやだ」

琳也は足を踏ん張って尻込みした。

「おい」

「いやだ、怖い。俺は行かない」

「おまえ、本当にcollegeを出てるのか？」

何と言われようと行きたくないものは行きたくない。それにもう全部終わったのだ。行く必要はない。

引きずり出されそうになりしゃがみ込むと、腹に逞しい腕が回された。逃げようともがく琳也を剛毅がひょいと持ち上げ戸をくぐる。ラッチがかちりと音を立てるまでしっかり閉めてからようやく床へと下ろされた琳也は、閉められたばかりの扉に飛びついた。開けたり閉めたりを繰り返すも、見えるのは飲食店の立ち並ぶ廊下だけ。さっきまでいた飯屋は現れない。

「なんてことするんだよ……」

「行くぞ」

襟首を掴まれ、出口へと引きずってゆかれる。後ろ向きのせいで踏ん張ることもできない。今にもひっくり返りそうだ。

何とか躯の向きを変えることに成功した時にはもう、琳也たちは廊下へと出てしまっていた。

「昼飯前だ。何か食ってくか」

剛毅が強引に歩き始める。

「……や、いやだ……俺は帰る……」

「弾薬も欲しいな。この辺に買える店はあるか？」

「あるわけないだろ。銃の所持は法律で禁止されている」

「FUCK!」

騒ぐ琳也たちを避けるように昼食時のサラリーマンたちが流れてゆく。

そのうち、覚えのある声が聞こえてきた。

「須々木くん!?」

逃げだしたくてもまだ襟首を掴まれている。琳也は小走りに近づいてきた足音の主たちと為す術なく向き合った。

「あ……あの……あの……すみません……」

「やっぱり須々木くんだー！　もー、心配してたんだぜー！　あれから会社に来ないし、電話しても出ないし、挙《あ》げ句《く》の果てに退職したって聞いて」

　俯いたまま、琳也はぼそぼそと聞き返す。

「？　あの、クビだって宣告されたところ、田中さんも見てましたよね？」

「ばっか、馬鹿部長の暴言なんか真に受けんなよ！」

「田中！　……すみません。須々木の友達ですか？　俺たち、須々木の元同僚なんですけど、ちょっとだけお話させていただいていいですか？」

　なじられるんだろうと思った。上司も、人前ではニコニコと人のよさそうな笑みを浮かべ、いかにも面倒見のいい指導者であるかのように振る舞っていたのだ。

　いくら友好的な態度を取られても信用ならない。琳也は散々迷惑をかけた挙げ句、会社で薄気味悪い事件を起こして挨拶もせず消えた。琳也をこの人たちがよく思っているわけがない。

「あの……在職中は色々とご迷惑をおかけして……」

「なんでおまえが頭下げるんだよ。悪いのはあの馬鹿部長だろー？」

「馬鹿部長……？」

　思わず見上げた二人に、琳也を忌避する様子はなかった。

「ごめんなー、うまくフォローできなくて。あの馬鹿部長、いっつも誰かしら標的にして、やめさせちまうんだ。色々言われてたみたいだけど、君、別に非常識でも生意気でもなかったよ？　仕事はまあ……もうちょっとミスを減らした方がいいけど」

琳也は無意識に剛毅のTシャツの裾を掴んだ。信じられなかった。皆、自分をお荷物だと思っていたのではないのだろうか。

「いや、ミス減らせつったって、あれじゃ無理だろ。四六時中煽られて、こいつ、すっかりテンパっちまってたもん。最後のなんて、馬鹿部長が指示出すの忘れて逆切れしたんだろ？　須々木はよく頑張っていた方だと思うぜ。前の奴なんて一週間で辞めちまったのに」

青天《せいてん》の霹靂《へきれき》だった。

「前の人は一週間で辞めた……？」

つらいと思う自分が軟弱なのだと思っていた。でも、そうじゃなかった。他にもあの上司に耐えられない人がいたのだ。

へなへなと座り込みそうになった琳也の肘を剛毅が掴む。デリカシーの欠片もなく、琳也のもっとも恐れていた質問が投げかけられた。

「その馬鹿部長とやらを鳥が襲ったと聞いたが」

「ああ、あれ！」

「びっくりしたよ。あれは須々木くんが何かしたの？」

「あ……う……いや……」

関係あると言わんばかりのリアクションをしてしまったが、二人は突っ込んで聞こうとしなかった。

「いやあ、痛快だったよ。天誅《てんちゅう》！って感じ？　止めないでもっとつつかせればよかったのに」

「今度あの馬鹿部長が無理難題ふっかけてきたら、あの鳥、貸してよ。禿《は》げるまで毛を毟《むし》らせたい」

「いいなそれ！」

あっけらかんとした態度だったが、さすがにわかる。この二人は気を遣ってくれている。鳥という単語が出てきた途端に琳也が身を硬くしたのに気づき、本当は気になるのに流そうとしてくれているのだ。

「うぐ」

鼻を赤くした琳也の横で、剛毅がわざとらしく腕時計を見た。

「悪いが、そろそろ」

「あっ、すみません。お邪魔して」

「じゃあまたメールするわ。もう残業もないことだし、今度こそ飲みに行こうぜ」

昼の休み時間が刻々と過ぎつつあることに気づいた二人が慌ただしく別れを告げる。琳也はかろうじて笑顔をつくり、二人を見送った。

ふわふわした気分だった。

「気は晴れたか?」

剛毅の声まで普段より幾分優しく聞こえる。

「別の意味で泣きそう」

ぐすっと鼻を鳴らすと、琳也はふらふらと歩きだした。

「どこに行く」

「俺的ランチランキング一位の店。折角来たんだし、今日のランチ、奢る」

エスカレーターで地上に出ると半袖から伸びた腕が爽やかな風に撫でられる。天気がよく、四月にしてはあたたかいが、やはり島より涼しい。

歩いていると、路上で旅行代理店のチラシを渡される。デフォルメされた飛行機のイラストを目にしたら急に不安が蘇り、琳也はちらちらと剛毅の顔色を窺った。

「あの……飯食ったらあんた、どうするんだ……?」

「どう、とは?」

「帰りたかったんだろ? ひ、飛行機代とか貸そうか?」

剛毅はすぐには返事をしなかった。振り返ってみると怒ったような顔をしているので、琳也は慌ててまた前を向く。

また自分は気の利かないことを言ってしまったのだろうか。

剛毅の場合、元々目つきが怖いからよくわからない。

ぐるぐる考えているうちに目当てのラーメン屋についてしまい、扉を押し開いて入ろうとした刹那、腕を掴まれた。

「おまえはどうするんだ？」

琳也は小さく首を傾げる。

「俺は帰るよ、島に。言っただろ。こっちにはもう、仕事も帰る家もないんだって」

「俺はおまえの運命の相手なのだろう？」

だから何だと言うのだろう。

「でも、剛毅が厭なら仕方がないし。一人で何とかやっていく」

「飯屋はどうする」

琳也は目を泳がせた。

「うッ……。レ、レシピ読んで練習すれば何とかなるんじゃないかな？　あっ、ほら、他のお客さんの迷惑になるし、入ろ？　――おにーさん、禁煙席二人ー！」

剛毅はちょっと厭な顔をしたが、食事中に煙草のにおいなど嗅ぎたくない。

店員にカウンター席を示され腰を下ろす。隣に座った剛毅にメニューを渡そうとすると、そっけなく断られた。

「おまえのおすすめでいい」

「ええとじゃあ、ラーメンと酸辣湯麵《サンラータンメン》、お願いします」

メニューをホルダーに戻すと手持無沙汰《てもちぶさた》になってしまい、琳也は冷たいジャスミンティーを喉も渇いていないのに飲む。

剛毅は何か考え込んでいるようだ。相方がいるのに黙っていると落ち着かない気分になるが、琳也には何をどう切り出したらいいのかさえわからないし、どうせ剛毅とはすぐさよならだ。

ラーメンを食べたら、一人で島に帰る。

飯屋の営業という点では確かに痛手だが、手を出される心配をせずにすむのは大きい。

パンツ一丁で家の中をうろつけるし、剛毅の顔色を窺う必要もない。話しかけても返事をしてくれる相手がいないのは、ちょっと淋しいけれど。

琳也はまたジャスミンティーを飲む。

——全然平気だ。じいちゃんが死んでからはずっと返事をしてくれる相手などいなかった。その頃に戻るだけのことだ。きっとまたすぐに慣れる。――ひとりでいることに。

「お待たせいたしましたー！　えーと、ラーメンのお客さまは……」

酸辣湯麺は好き嫌いが別れる。取り敢えずラーメンを剛毅の前に置いて貰い、箸をケースから取って置いてやる。続いて酸辣湯麺が置かれると、琳也は両手を合わせた。

「いただきます」

ぱちんと箸を割り、さて麺を啜ろうとしたところで、剛毅が言った。

「飛行機代は必要ない。飯を済ませたら俺も島へ帰る」

剛毅の言葉を聞いて、まず胸に広がったのは安堵だった。

本当に一人で帰らなくていい？　まだ俺の傍《そば》にいてくれる？

とても嬉しいことではあるけれど、剛毅はなぜこんなことを言い出したのだろう。

「なんで？　あんなに島から出たがってたのに。飯屋を始めたのだってこっちに帰りたいがためだろ？　どうして気が変わったわけ？」

今日こちら側と繋がったのは奇跡かもしれない。帰ったら次はいつ繋がるかわからないのに。

剛毅が箸を割り、ずずーっとラーメンを啜った。少し考えて胡椒《こしょう》を足す。

「飯屋の賑わいを取り戻すのがおまえの夢だったんだろう？」

「……！」

箸が薄く刻まれたネギごと麺をすくうのを、琳也は凝然と見つめた。

歓喜がゆっくりと湧き上がってくる。確かに琳也はずっと望んでいた。片翼の印を持つ相手と飯屋を開くのを。剛毅はその意を汲んで飯屋を開いてくれたのだろうか？

涙ぐむ琳也をちらりと見た剛毅が溜息をついた。

「おまえは……」

「ん？」

「簡単に信じるな。今のは嘘だ」

「え？」

「おまえには俺がそんな親切な男に見えるのか？」

厚みのあるチャーシューが口の中に放り込まれる。

「見えない……けど、頑張れば、見えなくもないような気も……」

「頑張るな。いいか、日本に俺が入国した記録はない」

面倒くさそうに説明され、琳也はようやく気がついた。

「あ」

「もし密入国したと思われたら、後々面倒なことになる」

昨今はテロの影響もあり取り締まりが厳しい。軍人ならなおさら問題になるのかもしれない。

なーんだ。

肩を落とすと、琳也はとろりとしたスープを蓮華《れんげ》ですくった。

ふうふうと吹いて冷めるのを待ちながら、別にいい、と思う。別に落ち込む必要はない。

「どういう理由にせよ、あんたとさよならせずに済むなら嬉しい……」

横でラーメンを啜る音が途切れた。ちろりと盗み見ると、今度は剛毅がじっと琳也を見つめている。音を立てて口の中にあった麺を嚥下した後、ぼそりと呟いたのが聞こえた。

「今のは結構、キた」

「？　何が来た？」

意味が分からず聞き返すと、剛毅が鬱陶しそうに手を振る。

「何でもない。食わないなら、それももらうぞ」

「いいよ。半分食べてくれるなら助かる」

ここのラーメンはどれも比較的さっぱりしていておいしい。だが、食の細くなっていた琳也には一人前でも多すぎた。剛毅の作ってくれた味噌汁や煮物が滅茶苦茶うまく感じられたから食欲不振は治ったのかと思っていたのだが、そういうわけではなかったらしい。

一口スープを啜っただけで無理そうだと悟り素直に応じると、剛毅は欲しいと言い出したのは自分なのに変な顔をした。

ともあれ、ラーメンを前にして会話を優先させるなど、愚行だ。

琳也は諸々を後回しにし、食事に集中した。細麺の食感もたまらないが、麺にとろりと絡む酸味のあるスープは至高である。しばらくの間せっせと口に運んでいたものの琳也は早々に食べることに飽きてしまい箸を置いた。半分残った器を剛毅の方へと押しやり、携帯を取り出す。

「――買い物をして帰ろう」

「買い物？」

ラーメンを啜る合間に合いの手を入れた剛毅に、琳也は頷いて見せる。

「たとえば島では肉が手に入らない――というか、俺たちには買えないだろう？」

「？　鶏や豚が売られているのを見たが」

「あれを自分で屠殺《とさつ》して解体することができるの？　俺は絶対厭だ」

生きたまま売っているということはそういうことだ。

「では、冷蔵庫に入るだけ買っていこう。いつまた来られるかわからないとなれば、着替えも欲しい。――その前に、そもそも島には戻れるのか？」

「ちょっとトイレ行ってくる」

個室の扉で実験してみて大丈夫だとわかると、琳也は席に戻り携帯に買うべきものリストを打ち込み始めた。ついでにこのあたりにある肉屋の場所も検索する。

「よし、買い物に行くぞ」

剛毅がラーメンも酸辣湯麺も完食すると、琳也がカードで支払いをし、店を出た。スーパーや薬局、ファストファッションショップを梯子《はしご》して必要なものを買い揃えてゆく。最後に肉屋でどっさり肉を仕入れると、荷物は結構な重量となった。

買い漏らしがないか考えつつ、何となく最初に繋がったビルのトイレの扉を目指して歩く。そうしたら、最も会いたくなかった例の上司が通りの向こうからやってきた。

「うっそ……」

もう退職したのだから関係ないのに、心臓が縮み上がる。上司もまた琳也に気づき、あっと小さな声を上げた。ゆさゆさとふくよかな躯を揺らし、琳也に向かって突き進んでくる。

「はは、須々木くんじゃないか。元気そうだな。君が勝手に辞めてから、我が社は人手不足でね、私は大変な負担を強いられているんだよ」

喋りながら片手が振り上げられ、琳也は反射的に身を竦めた。また、親しげに肩を叩くふりで暴力を振るわれると思ったのだ。

だが、予期した痛みが訪れることはなかった。

隣から伸びてきた手が、琳也に届く前に上司の攻撃を払い落としたのだ。

「何だ君は！」

躊躇《ちゅうちょ》なく持っていた荷物を放り出した剛毅は、怒鳴る上司を無視して琳也を見た。

「こいつが例の馬鹿部長か」

琳也は頷く。

「馬鹿部長だと!?」

怒った上司の胸ぐらを逞しい腕が掴み上げた。上司が振り解こうとすると剛毅の上腕の筋肉がぐっと盛り上がり、琳也の倍も幅がある部長の躯が持ち上がる。

何をする気だろう。

初めて会った時、剛毅は琳也に躊躇《ためら》いなくナイフを突きつけた。

——厭な予感がする。

止めようとして剛毅の顔を見た琳也は息を呑んだ。

剛毅の目つきがいつもと違った。

まるで人に傷つけられたことのある獣のよう。どこまでも非情で、鳥膚が立つほど恐ろしいのに——胸の奥がきゅうっと締めつけられるように痛くなる。

「琳也、こいつをぱわはらで訴える気は本当にないのか？」

琳也はまた首を振った。そんなことは考えたこともなかったし、そんなことをするだけの気力もなかった。これから顔を見ずにいられればそれでいい。

それに一刻も早くここから立ち去りたかった。

この辺りはオフィス街で、今はランチタイム真っ只中。足早に行き交う大勢のサラリーマンやＯＬの視線が痛い。

「そうか。だが、人を傷つけたなら、それ相応の報いを受けるべきだと俺は思う。——因《いん》果応報《がおうほう》って奴だ」

「何を言っている。私は誰も傷つけたりなど……」

剛毅の腕を掴み、何とか声を出せるだけの余裕ができた上司がわめこうとする。

「剛毅、まずいって……。人が見ている……」

立場を利用し精神的苦痛を味わわされた相手に同情できるほど琳也は慈悲深くないが、人が傷つけられるのを平気で見ていられるほど肝《きも》っ玉《たま》が太くもない。持っていたものを足下に置き、恐る恐る剛毅の腕に触れると、目だけが動いて琳也を見た。

自分のためにやってくれているのだとわかっていても指先が震える。

だが、同時に琳也は強く魅せられていた。自分のように他人の目やくだらない劣等感に囚われることなく、己の思うがまま振る舞える剛毅の強さに。

強く袖を引っ張ると、剛毅はぐっと上司の喉に指を食い込ませてから、握られていた拳を開いた。アスファルトの上に上司がドサリとくずおれ苦しそうに喘ぐ。

だが、上司の右手はいまだ高く掲げられていた。剛毅が手首を掴んでいるせいだ。剛毅はもう一方の手で上司の指を掴むと無造作に曲げた。

声もなく上司が痙攣し、遠巻きにしていた人々がざわめく。

「な、何やって……っ」

「大丈夫。関節を外しただけだ。はめなおせば元に戻る。——痛いだろうがな」

残忍な笑みさえ浮かべてそう告げると、剛毅は上司の手を離した。絞め上げられた時に喉もどうにかしたのか、上司は声を発しない。

野次馬の一人が上司に駆け寄る。

「君っ、なんてことをするんだ！」

剛毅は関係のない男には目もくれなかった。

「覚えておけ。もしまたこいつに何かしようとしたら、次は指一本では済まさない。——地獄を見せてやる」

剛毅は本気だった。少なくとも琳也はそう感じた。上司がまた何かしたら何度でも琳也のために危険を冒してくれるつもりなのだ。

誰も何も言わなかった。

剛毅が何事もなかったかのように先刻投げ出した荷物を拾い上げ、顎をしゃくる。

「行くぞ」

琳也も操り人形のようにぎくしゃくと立ち上がった。

「そっちは、駄目だ……」

近くの派出所に誰かが通報したのだろう。警官が二人やってくるのが見えた。かつて上司が琳也に何をしたにせよ、彼らにしてみれば悪いのは暴力を振るった剛毅だ。

琳也は荷物を無理矢理片手に纏め、剛毅の手を取った。触れた瞬間、ちりっと静電気のようなものが走ったような気がした。はっとして見上げた剛毅の顔には初めて会った時と同じ近寄りがたい厳しさがあった。

胸の奥が締めつけられるように痛む。込み上げてくる甘苦しい感情に窒息してしまいそう。

流れる視界の中、琳也は一番近くに見つけた店の扉に向かう。

取っ手を引きながら、強く願った。

どうか飯屋に帰れますように。

扉の隙間から熱風が吹き出してきた。琳也は顔を綻ばせ重い扉を開ききると、中に飛び込んでから一歩横に退いて剛毅を通した。近づきつつある二人の警官が店に辿り着く前に扉を閉めれば町の喧騒は消え、密林の奥から聞こえてくるヒヒたちの鳴き声が取って代わる。

帰ってきたのだ。

閉じた戸に寄りかかり、琳也はずるずるとその場にしゃがみ込んだ。

背にした戸は店のガラス戸ではなく、納戸の入口になっていた。座敷の向こうに見える熱帯特有の植物たちは強烈な光を浴び、濃い影を落としている。剛毅は荷物を持ったまま厨房に消えたが、すぐ手ぶらで戻ってきてへたり込んでいる琳也を見下ろした。

頭の中は真っ白。まだ心臓がばくばくしていて、動けそうにない。

剛毅はぜえはあいっている琳也の手から荷物を取ると、これも厨房に運び込み、片手に盆、もう一方の手に冷茶の細長いボトルをぶらさげ戻ってきた。自らも廊下にあぐらを掻くと、盆に載せてきた茶碗に冷茶を注ぐ。陶器の白い肌に淡い黄緑が涼やかだ。急に喉の渇きを覚えた琳也が一気に飲み干すと、何も言わずともおかわりが注がれた。

少し落ち着いた琳也はもう一つ盆の上に載せられていたものへと注意を向ける。

「それは？」

「昨日市場で買ってきた果物で作ってみた。ムースだ」

琳也は小さな伊万里焼の皿を受け取ると、添えられていた細い金のフォークで鮮やかなオレンジ色の立方体の一角を切り取った。

口に含んでみると、芳醇《ほうじゅん》な酒気が鼻に抜ける。甘酸っぱい味がじゅわりと蕩けてゆき、舌のつけ根がきゅっとなった。

ふは、と強張っていた頬が緩む。ビールとは違う、どこまでも甘美な誘惑に満ちた酔いに、理性が浸食されてゆく。

おいしい。と伝えると、剛毅も目元を緩ませた。

――そうか。低い声は奇妙に遠く、それでいて躯の芯まで響く。

急にTシャツに包まれた剛毅の完璧な肉体が強く意識された。

どうしてだろう。躯が熱い。

あっという間に皿が空になると、物足りない気持ちが顔に出てしまっていたらしく、剛毅が自分の分を一欠片フォークに刺して差し出してくれた。俺の分も食うか？　と。

拳ほどの大きさもないスイーツ一つでこうも気持ちよくなってしまったのだ。これ以上食べたらまずいと頭のどこかでわかっていたが、とても我慢できなかった。

もっと欲しい。

剛毅の目を見つめたまま、琳也はフォークに食らいつく。

ゆっくりとフォークが引き出され、最後にちゅぷんと小さな音を立てて抜けた。

次の瞬間、飯屋に不似合いな繊細《せんさい》な金のフォークはぞんざいに廊下に投げ捨てられていた。剛毅の唇が琳也の唇を荒々しく貪《むさぼ》り、舌がまだ口の中に残っているムースを崩してゆく。

甘い。

背中が納戸の戸に押しつけられる。左右に手を突かれ、気がつけば琳也は扉と剛毅の間に閉じ込められてしまっていた。狭苦しい空間は奇妙に居心地よく、逃げたいとは思わない。

——やっぱり、ごうきのきす、きもちい……。

「目が潤んでいる」

唇を離すと、剛毅の親指の腹が琳也の目元をなぞった。目を伏せると、また剛毅の顔が近づいてくる。

「——随分と色っぽい顔をするようになったな」

もう一度唇を吸われ、琳也は震えた。躯がおかしかった。休んだのにちっとも心臓が鎮まらない。膚がちりちりする。

「……ふ」

　小さな子供のように抱き上げられ、寝間のある二階へと運ばれた。だらんと垂れた手が剛毅が踏み出すたびにゆらゆら揺れる。何をするつもりかわかっていたのになぜか抵抗する気になれず、琳也は下ろされた布団の上にくてんと横たわった。

「ひあ……あっ、やだ……って」

　たくし上げられたシャツの裾から覗く腰にキスされる。力なく拒もうとする琳也の手をかいくぐり前立てを緩めると、剛毅は直接琳也の弱みを握り込んだ。敏感な部位を文字通り掌握《しょうあく》され身を竦めた琳也を巧《たく》みにあやし、感じ、させる。

「あ……あっ、ご、剛毅……っ、剛毅い……っ」

　琳也がぐずぐずになってしまうと、剛毅はオイルを取り出し、琳也の尻へとおもむろに指を入れた。

　厨房に立つ時と同じ無表情なのは、どう料理しようか考えているからだろうか。

　冷たく冴えた視線をまざまざと膚に感じる。まるで体表を氷でなぞられるみたい。見られているだけなのに乳首がつんと凝ってゆく。張り詰めたモノは堪え性なく漏れる蜜でべたべただ。恥ずかしいのにもっと見て貰いたいような気もして、琳也は押し込まれた剛毅の指を締めつける。

「ん……っ、ん……っ」

時々尻の奥のある一点を押されると、琳也は反り返って震えた。そこをいじめられるのは、たまらなかった。

「ここに欲しいか？」

琳也はこくこくと頷く。

指でいじられるのもイイが、もっと強い刺激が欲しい。琳也の躯は知っている。ソコをもっと太くて硬い、熱いものでゴリゴリされると強烈な快感を得られることを。

それがこの男に犯されるのと同義であることなど、馬鹿な琳也の頭からは吹き飛んでしまっていた。ただただ気持ちよくなりたくて、きゅうきゅう剛毅の指を締めつける。

「いい子だ」

俯せに転がされ、腰だけ引き上げられた。胸まで布団につけ尻を高々と掲げた淫らな体勢で、琳也は剛毅に貫かれた。

「────あ……、あっ！」

苦しい。

太い雄をくわえこまされた狭い洞が、みちみちと軋んでいる。

でも……。

ずるりと雄を引かれた瞬間、琳也はどうしようもなく甘い鼻声を漏らしてしまっていた。剛毅の鎌首がソコに当たったのだ。

「ん、う……っ」

――きもち、い……っ！

ふ、と剛毅が笑う気配があった。唇が左の肩甲骨に押し当てられる。ちょうど、片翼の印があるあたりだと気がついたら、じんと胸が熱くなった。

剛毅もこの印になにがしかの意味を感じるようになってくれたのだろうか。

力強い律動が始まり、琳也は頬と胸を白い木綿に擦りつけるようにして悦楽に耐えた。逞しい肉棒に感じてならない場所をこねまわされるたびにはらわたが熱く痺れて、どうしようもなくなってしまう。

「ふ……っ、う……。う、あ……あ……っ！」

全神経が剛毅と繋がっている場所に集中してしまい逸らせない。剛毅が動くたびに琳也の躯は悦び、きゅうきゅうと埋めこまれた肉塊を喰い締めた。自分が出しているとは信じられないほど浮ついた声と淫らな水音が静かな室内を満たしてゆく。

「苦しいか？」

揺さぶられながら問われ、首を捻って振り返ると、剛毅がシャツを脱ぎ捨てたところだった。灼けた膚を幾筋も汗が伝っている。ジーンズは前をくつろげただけだが、時折濃い茂みの下に怖くなるほど大きな雄が覗いた。

俺、この人とセックスしてる……。

そう思ったら胸が一杯になってしまい、琳也は剛毅に向かって片腕を伸ばした。抱きしめて欲しかったのだ。

剛毅は数度瞬くと、一旦雄を抜き、琳也を膝の上に引き寄せた。向かい合わせでまた下から突き入れられ、琳也は子猫の鳴き声めいた声を上げる。何とか根元まで呑み込むと、剛毅はすぐには動かず抱きしめてくれた。

――ああ……。

琳也も剛毅の背に両腕を回し、力一杯抱き返す。

男に抱かれるなんて冗談じゃないと思っていたはずなのに、こうしているとまるで割れた皿を合わせたかのように、魂《たましい》も躯も収まるべきところにぴったりとおさまっているという感じがした。

運命の相手だからだろうか？

違うと琳也は思った。剛毅だからだ。琳也のために怒ってくれ、一緒に飯屋を開いてく

れた男だから。

――好きだ。

ぽこりと心の奥底から浮かび上がってきた気持ちを、琳也はうっとりと噛みしめる。好きだ。好き。股間に恐ろしいモノがついていて、むさくるしくて、全然優しくなんかしてくれないけれど、好き。

自分からキスすると、剛毅が一瞬凍りつき、猛然と下から突き上げ始めた。

ずぷんと抜ける寸前まで躯が浮いたと思ったら、次の瞬間最奥まで剛毅の雄に擦り上げられる。刺激の強さに、琳也は身悶えた。

「あっあっ、いやだ……っ、ごーきっ、や、」

「厭、だと？　自分で煽っておいて、よく言う」

躯の間で揺れていたモノを撫でられ、琳也は躯をよじった。

「ヤだ、イく……っ、イっ、や、あ……っ」

ペニスがぷるんと揺れた。動いたせいで剛毅の掌に先端を擦りつけたような形になってしまい、琳也は悶絶する。尻に力が入り、剛毅の形をまざまざと感じた。

「……っ」

「イ、くぅ……っ！」

膝を立て、剛毅の背中に爪を立てる。込み上げてきた衝動に為す術もなく押し流され、精を放ってしまう。

「あ……あ……」

白いものが二人の腹を伝い落ちた。後穴がひくりひくりと甘く痙攣する。

いい、よお……。

琳也は目を瞑り、余韻を味わう。だが、心ゆくまで浸ってはいられなかった。肩を掴まれ、繋がったまま布団の上に押し倒されたのだ。

「あ、ん……っ」

まだ喜悦に震えている中をえぐられ掠れた声を漏らすと、指の甲で頬を撫でられた。

「……そろそろ俺もイかせてもらうぞ」

「あ……っ」

腰に鋼のような指が食い込む。そのまま突き入れやすい高さまで持ち上げられ、自然と躯が弓なりに反り返った。

「嘘……っ、このまま……っ？」

浮いた尻からずるずると雄が引き出される。それから勢いよく突き上げられ、琳也はのたうった。

「ひん……っ」

一度イったせいで、感じやすくなっているようだった。突かれるたびに堪えようもなくあられもない声を上げてしまう。琳也がびくびくと動いてしまうせいでやりにくいのか、剛毅は乱れる琳也を布団の上に押さえつけた。熱く硬い欲望が激しく叩き込まれ、琳也のソコも熱くなる。

「いやだっ、も、熱い……っ。ごーきのあついぃ……っ」

「く……っ」

のしかかっている男の躯がぶるりと震えた。イったのだと察し、ほっとする。気持ちいとはいえ、そろそろ体力の限界だった。喘ぎすぎて酸欠になりそうだ。

剛毅が腰を引き、隣に転がったので、琳也も寝転がったまま息を整えた。

少し落ち着くと、いい加減開店準備をせねばと起きようとする。だが、後ろから伸びてきた腕が琳也を布団の中へと引き戻した。

「ええと、剛毅……？」

「もう少しつきあえ」

「……え？　もう無理だって、ちょっ、」

這って逃げようとしたら押さえ込まれた。後ろから肩口にちゅっとキスされ、どきりとする。

――今の、なんか恋人っぽかった……。

こめかみにも手の甲にもキスされて、狼狽しているうちに琳也の躯は組み敷かれ、ココもアソコも好き放題されてしまい――。

その日飯屋の「準備中」の札が「営業中」に変わることはなかった。

＋　＋　＋

二人がまぐわう部屋の外、窓の近くまで伸びた木の枝がミシリと小さな音を立てた。裂けた樹皮の下から蕾《つぼみ》が顔を出し、みるみるうちに膨らんでゆく。あっという間に開花した花は桃色で、どこか初々《ういうい》しい印象を与えた。

馥郁とした香りが広がり夜が官能的な色彩を帯び始める。

闇の中からふらりと現れたフクロウの目をした異形が、飯屋に入ろうとして開いていないのに気がつき大きな目をぱちりぱちりと瞬かせた。仕方なく帰ろうとした肩を何かがやわらかく撫でる。ひらりふわりと落ちていったのは、早くも枝から落ちてきた花だ。

飯屋の前の木は花で枝すら見えなくなりつつあった。

異形の影が生き物のようにうねり、膨れ上がる。あざやかな緑や青やオレンジが黒かった表面に広がり、影は愛らしいラブバードへと変化《へんげ》した。チチと囀って男の足下の花をくわえ、呑み込む。異形もまた、次に落ちてきた花を掌で受け止めて口へと運んだ。

異形の目が満足げに細められ、ラブバードが新たに落ちてくる花を追って走りだす。

男が去った後も時折異形たちが現れては格子戸を開けようとし、開店していないと知ると、代わりに花を食べて帰った。鳥たちは一羽、また一羽と増え、静謐《せいひつ》な月光の下、降り積もりつつある花を黙々とついばみ続けた。

六、四夜目

そこでは琳也は何者でもなかった。

何も見えない。何も聞こえない。闇に溶け、ただ揺蕩《たゆた》っているだけ。いつまでもそうしていたかったけれど、声が聞こえた。それも苦しそうなうめき声が。

この声は──剛毅？

自分が眠っているということはどこかでわかっていた。目覚めようと思ったが、琳也はさらに深い眠りの中へと引きずり込まれてゆき──気がついたら、荒涼とした大地にぽつんと残る小さな街の前にいた。

干しレンガを積み上げて作った粗末な家々が破壊され、はらわたを晒している。ところどころに穿《うが》たれた穴は銃痕だろうか。

モノクロ写真のように色のない景色のあちこちに、やけに色鮮やかな布がはためいている。目を凝らしてよくよく見てみると、布は虚ろな眼窩《がんか》を雲一つない空に向けた骸《むくろ》によって地面に繋ぎ止められていた。布は彼らの屍衣《しい》なのだ。

みんな、死んでる。

急に恐怖が湧き上がってきて、琳也はきょろきょろと辺りを見回した。見渡す限り生きている人間はいないのに、視線を感じた。

誰かが琳也を見ている。


「――！」


自分の声で目覚めた琳也は大きく息を吸って吐いた。心臓が肋骨《ろっこつ》という籠《かご》の中で暴れている。

夢を見た。不穏な空気に満ちた異国の夢を。

今まで見たことのないタイプの夢だった。妙にリアルでまるで映画のワンシーンのように印象的。あれは本当に自分の夢だろうか。

呻き声が聞こえ横を見ると、剛毅がいた。同じ布団で寝ていたことに少したじろいでしまったものの、気にすべき点はそこではない。

もう夜でそう暑くないのに剛毅は汗だくだった。眉間には皺が寄っている。悪夢に魘《うな》されているのだ。

どうしてあんな夢を見たのかこれでわかった。ホラー映画をつけっぱなしで寝てたようなものだ。すぐ隣に呻いたりもぞもぞ動いたりしている人がいて、幸福な夢を見られるわけがない。

肩を揺すって起こしてやろう。

琳也は肘を突き、上半身を持ち上げた。そうしたら剛毅の胸の上に乗り上がっていた影のような獣と目が合った。

「――え？」

一瞬で総毛立つ。

この間の獣だ。

あれは夢ではなかったのだ。

影は素早く身を翻《ひるがえ》すと、剛毅の脚の方へと消えた。反射的に身を乗り出し目で追おうとしたものの見失ってしまう。身を隠せるような場所などないのに、途中で忽然《こつぜん》と消えてしまったのだ。

何だったのだろう、今のは。

先月、市場で鳥の頭蓋骨の頭を持った男に言われたことがふっと頭の中に蘇る。

——面倒なのに取り憑かれている……。

「あ……っ！　店のこととか自分のことでいっぱいいっぱいで忘れてた……！」

獣が消えたせいだろうか、気がつけば剛毅の呼吸は穏やかになっていた。

琳也は眠る男をまじまじと見下ろす。

「えーと、どうしよう」

考えなければならないと思うのだが、まだ眠い。おまけに腰が重怠くて、段々ぼーっとしてくる。

「そういえばセックスしたんだっけ……」

日に灼けた褐色の唇。何度もこの唇にキスされた。

何となく触れてみたら剛毅の目がいきなり開き、琳也は悲鳴を上げそうになった。

「ご、ごめん起こして。あの……？」

流れるような動きでのしかかられる。気がつけば背中が布団につき、剛毅の顔がすぐ目の前にあった。

「ん————っ」

短いけれど、ねっとりとしたキス。怪異への恐怖に強張っていた心と躯がたちまちとろんと弛緩する。
琳也の髪を一撫でしてから剛毅は立ち上がり部屋を出て行った。琳也は横たわったまま
ばくばくする胸を押さえる。
「な、なんでキス……!?」
水音が聞こえるところからすると、トイレに行ったらしい。剛毅はすぐ戻ってくると当
たり前のように布団に入ってきて、琳也を抱え込んだ。
「え？」
満足したような溜息を漏らし静かになった剛毅を、琳也は上目遣いに窺う。どうやら
眠っているようだ。
「ええ……？　まさか、寝ぼけてたわけ……？　キスしたりだっこしたりしたのも無意識
だった？　……何それ怖《こわ》……っ」
俺のこと、誰と間違えていたんだろ。
それとも単に、抱いたらああいうことをするタイプなんだろうか。随分と手慣れていた
が、一体どれだけの夜を恋人と過ごせばこんなことができるようになるのだろう。胸の奥
の方がひりついたような気がしたけれど、逞しい腕に囲われていると恐怖が遠のくのも確
かで。

琳也は剛毅の胸板にぐりぐり頭を擦りつけ、目を閉じた。そうしたら、髪を梳《す》く剛毅の指を感じた。これも無意識なんだろうか。

じわりと目の奥が熱くなる。

なんだか泣きたくなってしまい、琳也は唇を強く噛んだ。

＋　＋　＋

次に目を覚ますと、夜はもう明けていた。

「セックスするとよく眠れるなー……」

ぐうと腹が鳴る。考えてみれば昨日はラーメンを食べたきりで夕食を食べていない。もそもそと起き上がり、琳也は食べ物を求めて階段を下りる。厨房にはすでに逞しい腰に前かけを締めた剛毅がいた。

「おはよう」

じろりと睨まれると反射的にびくっとしてしまう。店舗部分に入ってカウンター席の椅子を引くと、琳也は伸び上がって剛毅の手元を覗いた。晩の下拵えをしているのであってすぐ食べられるものがあるわけではないとわかると、がっかりして椅子にへたりこむ。

「……何だ」

「おなか減った」

「ガキか」

冷たいことを言いつつも、剛毅は小鍋に残してあった味噌汁をあたためてくれた。ご飯もチンし、昨日買ってきた卵としそ昆布を添えてくれる。琳也は別にもらった器に生卵を割り入れると手早く溶き、中央を窪ませたご飯の上に流し込んだ。醤油を入れない代わりにしそ昆布をどっさり散らして、熱々のご飯と卵を混ぜながら口に運ぶ。

「……ありがとう、ママ……TKG《卵かけご飯》、最高……」

「誰がママだ」

剛毅が下拵えを再開する。

琳也は食事を続けながら剛毅の姿を目で追った。

昨夜、また剛毅に抱かれた。

初めての時と違って全然抵抗がなく、そうするのが正しいようにすら感じられた。ついこの間まで男に抱かれることなど想像したこともなかったのに。

剛毅を好きになってしまったせいだ。

自分は男なのに。男同士なのに。

でもまあ、仕方ない。

もしまたこいつに何かしたら次は指一本では済まさない、地獄を見せてやると剛毅は言った。言ってくれた。あの時のことを思い返すだけで胸が震える。あの瞬間の気持ちを琳也はきっと死ぬまで忘れない。

……でも、剛毅は俺のことをどう思ってんだろう?

好みだと言われたが、よく考えたら信じられなかった。剛毅がドーベルマンだとしたら、琳也はチワワだ。キャンキャンうるさく吠えるだけの、ちっさくて弱い愛玩犬《あいがんけん》。

……まあ、剛毅がどう思ってても、俺の気持ちは変わらないし。希望の場所に戻れるまではここにいてくれるみたいだし。本物の伴侶になってもらえるよう、頑張ろっと。

そしていつか、剛毅も自分のことを好きになってくれたら……。

「ほわっ」

いきなりカウンター越しに伸びてきた手に顔を掴まれ、琳也はむせそうになった。

食べている時に何すんだと涙目で睨み上げるも冷然と見返され、根性のない琳也は視線を泳がせる。

「仕事の邪魔をするな」

獰猛な恫喝にこくこく頷くと解放されたので、急いで残りの飯をかき込んだ。

仕事の邪魔なんかした覚えはないが、機嫌が悪そうな剛毅に言い返す勇気など琳也にはない。

「ごちそうさま」

食事を終えるや、早々に飯屋から逃げ出す。

昨晩あれだけ好き放題して夜中にキスまでしてくれたのに、なぜあんなに不機嫌なのだろう。〝よくないもの〟のせいだろうか。あるいは琳也とまたヤってしまったことを後悔しているとか……？

「いやいやいや」

膝から力が抜けそうになったものの琳也はふらふらと家の裏に回り、洗濯機を回し始めた。洗い上がった洗濯物を庭に干していて、はっと気づく。

このシーツ、昨晩のアレで汚れた奴だ！

ぶわっと体温が上がった。

――ふ、あ……ッ。

昨夜の己の痴態《ちたい》まで思い出してしまい、物干し竿の下で頭を抱える。

昨夜だけで一体何回イかされたのか思い出せないくらいシた。最後の方の記憶は朦朧《もうろう》としており曖昧だ。厭だって言っているのにイイ場所ばかりを突かれて、断続的に下肢を痙攣させていたような記憶がうっすらとあるだけ。

――やだ、や……っ、イってるのに……っ、も、とまらな……っ。

もう色などついていない薄い蜜がぷくりと玉を作って伝い落ちるのが見えた。泣きながらどんなに懇願しても剛毅はやめてくれなくて――。

「ひゃ～～～～っ」

空になった籠を小脇に抱え縁側に駆け込むと、琳也は急に喉の渇きを覚え厨房へと入った。今日は店を開く気らしく、剛毅は仕込みに余念がない。コップを口に運びつつ琳也は逞しい剛毅の腰を睨みつける。ぎっくり腰になってしまえと呪詛《じゅそ》を送っていると、剛毅が振り返った。

――――うッ……。

「俺、店の前掃いてくる」

店内を脱兎のごとく駆け抜ける。どうにも普通に振る舞えない。剛毅がちょっと動くだけで心臓がぽんと破裂しそうだ。

格子戸を勢いよく開けた琳也は蹈鞴《たたら》を踏んだ。

「ん？　この間サンマに化けた花、かな……？」

飯屋の前は花が降り積もり、桃色の絨毯《じゅうたん》を敷きつめたようになっていた。祝い事でもあるかのような華やかさだ。

見上げれば、飯屋の前に生えたひょろりとした木が薄桃色の小さな花をつけている。昨夜までは葉っぱしかなかったと思うのに、一夜で満開になったらしい。この木にこんな花が咲くなんて今の今まで知らなかった琳也としては、夢でも見ているような気分だ。

はらはらときりなく落ちてくる花を浴びながら通りを掃き清める。隣家から出てきた大熊が目を瞠った。

「あらま、綺麗だこと。昨夜は随分と盛り上がったのねえ」

「？　リリさん、おはようございます」

とりあえず箒を置き、ぼふんともふもふの躯に抱き着く。

「頑張っているわね、琳也ちゃん。今日はお店、開くのかしら？」

「はい」

「花も咲いたし、きっと今日は大盛況ね。椅子を追加する準備をしておいた方がいいわ」

「花が咲くと客が増えるんですか？」

少し離れて首を傾げると、ふふ、と、大熊が大きな前肢を口元に添えた。

「楽しい気分は食欲をそそるの」

まあ確かに花見の宴会では暴飲暴食をしがちだ。

――あっ、りんりんだー。

呼ばれて視線を遣ると、ラブバードが数羽、花の中で遊んでいた。花の吹きだまりに頭を突っ込んでみたり、くわえて放り投げたりしている。

「おはよう。今日も可愛いなー、おまえたちは」

――えへへ。

――かわいい？　かわいい？？

掃いたところで、花が次から次へと落下してくるのではキリがない。途中で諦めて店内に戻ろうとすると、ラブバードたちが肩に飛んできた。ぐりぐりと頭を押しつけてくる子を撫でてやりつつ、琳也は剛毅に声をかける。

「ただいま、剛毅。今日は大入り満員間違いなしらしいよ。俺も何か手伝おうか？」

作業が一段落ついたのだろう、剛毅はカウンター席に腰かけ大判の本を眺めていた。

「今のところすることはない。……おいおまえ、頭が花だらけだぞ」

「ん？」

髪に触れてみただけで、ほろりとピンクの花が落ちる。ラブバードの一羽が琳也の肩から飛び下り、花をくわえて戻ってきた。

——りんりんのおはなー。

「サンキュ」

可愛いことをしたご褒美に頬を掻いてやると、気持ちよさそうに目を細める。それを見た他の二羽が騒ぎ始めた。

——ぼくもぼくもっ。

——ぼくも、なでなでしてよう。

「何それ」

ラブバードたちのご要望にお応えしつつ剛毅の手元を見ると、大きな紙面いっぱいに色とりどりの鳥の絵が描かれていた。

「うわ、懐かしい。どこにあったんだ?」

琳也が小さな頃大好きだった絵本だ。

「俺の寝間——おまえのお祖父さんが使っていたという部屋の押入れだ。これはそいつだな?」

剛毅が楽しそうに歌う鳥たちの絵を指さす。三羽のラブバードはいずれも琳也の肩に止まっているのと同じ配色で、瓜二つと言ってもよかった。

「こいつも、こいつも。おまえの傍にいるのを見たことがある」

「そういえばそうだな。この絵本、小さな頃のお気に入りだったんだ。毎日毎日何回も読んで鳥たちの名前も暗記していたから、島に来てこの子たちに会った時もすぐ誰が誰だかわかった」

コンゴウインコにセキセイインコ、それからヨウム……。琳也の友達であるインコやオウムたちの姿が全部そこにあった。明るい色彩で滲むように描かれた鳥たちは、お喋りしたり悪戯したりと楽しそうだ。

懐かしくてページを覗き込むと、剛毅は琳也に本を押しつけカウンターの中に入った。

「何するんだ？」

「つけあわせの野菜の下準備だ」

「昨日買った肉は？」

「もうハーブと塩を揉みこんで寝かせてある」

「……剛毅は何時に起きたわけ？」

答えたくない質問が来ると、剛毅は口を閉ざしてしまう。

俯いて手元の作業に集中されてしまうと話しかけづらいものがあり、琳也は仕方なく頬杖を突いた。

剛毅が着ているのは、先日島を出られた時にろくに吟味《ぎんみ》もせず買ってきた、裾が絞り染めになったネイビーのTシャツだ。広い背中のラインがやけにセクシーに見えるのは、好きになってしまったからだろうか。

——黒い影の化け物のこと、剛毅に言うべきかな。

でも、剛毅は最初、異形たちのことを嫌っていた。何ものかに取り憑かれているなんて話したら、折角軟化してきた態度が元に戻ってしまいやしないだろうか。

剛毅を眺めつつつらつらとそんなことを考えていたら、包丁が乱暴な音を立て置かれた。

「へあ……っ!?」

作業に集中していたはずの剛毅が、カウンターを回り込んでこっちにくる。琳也はぎょっとして席を立ったが、一瞬の逡巡が命取り、あえなく壁に押しつけられてしまった。驚いたラブバードたちがぱたぱたと逃げ出す。琳也も逃げ場を探してきょときょととした。

「邪魔するなと言っただろうが。煽っているのか？」

何のことだと反論するより早くキスで口を塞がれる。

「んんっ」

わけがわからないまま剛毅の唇に、舌に、理性を奪われた。放たれる怒気は竦んでしまうほど怖いのに、キスは蕩ける甘さで。

唇を解放されても動けず、とろんとした目で剛毅を見返すと、耳元に唇が寄せられる。

「真っ昼間から突っ込まれたくないなら、俺の周りをちょろちょろするな」

低い声が腰に響いた。おまけにぐっと下半身を押しつけられ、変な気分になってしまう。

厭というほどヤられてから一日も経ってないというのに。

「煽ってなんか、ない……っ」

「よく言う。目元を赤く染めて物欲しそうに俺を見ていたくせに」

ねっとりと耳を舐められ、琳也は小さく喘いだ。

「言いがかり、だ……っ」

物欲しそうな顔なんてしてない——筈だ。

見てはいたが。

朝起きてから頭の中がお花畑状態で、ずっと剛毅のことを考えていたが。

——あれ？

「あんたこそ俺の合意なしに押し倒したりしないと誓ったのに、昨夜……っ」

焦って言い返そうとした琳也に、剛毅はいけしゃあしゃあと言った。

「あれは合意だった」

琳也は目を剥く。

「合意した覚えなんてないぞ」

「抱かれたいって顔をしていただろうが」

「してないっ！」

抵抗はしなかったが。確かに抱かれたい気分ではあったが。

合意は断じてしていない。

「じゃあ本当は厭だったのか？　俺はまた勝手な思い込みでおまえをファックした？」

「うっ」

尻を掴んでいた手が離れる。剛毅は琳也の髪の間から花を摘まみ取り、一歩下がった。

じっと見つめられると悪いことをしているような気分が募る。

耐えられなくなった琳也が白旗を上げるまで、そう長くはかからなかった。

「そうじゃなかった、けど……俺は男だし……」

俯くと、頭からまたほろりと花が落ちる。剛毅が手を伸ばし、指の甲側でそっと琳也の頬に触れた。

「今更だな。自分に正直になれ」

何、それ。

「正直になれ？　なっていいわけ？　嫁と飯屋をやるって俺の夢は変わってないし、俺、あんたのこと前ほど嫌いじゃなくなってきてるんだけど」

剛毅は黙った。

つまり剛毅にその気はないのだ！

よく考えてみれば、二回寝たくらいで何勘違いしているんだと言われても不思議はなかった。自分がどれだけへなちょこかくらい、琳也にだってわかってる。

琳也はへらっと笑った。

「やっぱり今のなし。あは、一度や二度ヤったからって調子に乗るなって言うんだよな。俺、ちょっと二階の掃除してくる」

横にずれて剛毅と壁の間から抜け出そうとしたら、だん、と壁が鳴った。剛毅が突いた手に行く手を遮られ、琳也は身を縮める。

肘まで壁に沿わせ、キスできそうな距離で琳也の顔を覗き込んだ剛毅が溜息をついた。

「どうしてそうなる」

琳也は泣きそうになった。

——わかってるからだ。今の自分を剛毅が好きになってくれるわけないって。

自覚、しているのだ。自分を甘やかしまくってきたせいで、琳也の駄目っぷりは他《た》の追《つい》随《ずい》を許さない。この年までろくに友達を作ることすらできなかったし、仕事もイマイチ。

上司にああも振り回されたのも、琳也が馬鹿だったからだ。

薄っぺらな人生を送ってきてしまったことを今になって悔やむ。もっと色々頑張ればよかった。そうすれば胸を張って好きだと言えたかもしれないのに。

「だってあんた、俺の嫁になってくれる気、ないんだろ？」

「む……」

ほら、やっぱり。

じわ、と目が潤んできた。

剛毅の眉間に皺が寄る。

「そもそも俺は運命なんてものを信じていない。この島のこともおかしいと思ってる」

「……剛毅はこの島から逃れたいんだもんね」

うくと喉を鳴らす琳也の頭に、くちづけが落ちてきた。

「最終的にどうするかはわからんが、おまえのことは気に入っている。……それだけでは駄目か？」

どういう、意味だろう。

「言ってることが、よくわかんないんだけど」

「別に結婚しなきゃセックスしてはいけないわけではないだろう」

「ああ、そういう意味……」

伴侶じゃない。期間限定の恋人。

普通の恋人だっていつまで続くかわからないのが普通だ。ましてや自分たちは男同士だし、琳也だって最初は冗談じゃないと思っていたくらいなのだ。それでよしとするべきなのかもしれないけれど。

――厭だ。

琳也は剛毅の服を握りしめ、厚い胸板に顔を埋める。

だって好きなのだ。全部を望んでしまうのは当然ではなかろうか。もし永遠を誓ってくれるなら、何だってする。魂まですべて捧げてもいい。

重いと自分でも思う。こんな気持ち、剛毅にすれば迷惑なばかりに違いない。素直に気持ちを伝えたかったけれど引かれたら厭だから、琳也は好きだと言う代わりに剛毅の胸に腕を突っ張って顔を上げ、へらっと笑った。

「駄目って言いたいところだけど、いいよ。この島は実際、普通じゃないし」

琳也だって全然普通じゃないし。

大丈夫。俺も男だ。女々しくすがったりなんかしない。

男なんかちんこで物考えているようなところあるし、今は初めて教えられた気持ちいいコトに目が眩《くら》んでいるだけだ。もう何回か抱いて貰って新鮮みが薄れれば、この男へのこのやたら甘酸っぱいような気持ちも憑き物が落ちたように忘れるのかもしれない。

大丈夫大丈夫。全然平気。問題ない。

でも本当は。

「……本当はずっと一緒にいて欲しかったけど」

明るく言うつもりだったのに、声が震えた。口元が変に引き攣って笑みが歪んでしまう。

そうしたら剛毅の視線が揺れたような気がした。

「琳也」

鼓動が速まったのは、普段はおまえ呼ばわりで名前を呼んでくれたことなどなかったからだ。単に慣れてなかったせいで、別に距離が縮んだみたいで嬉しいせいじゃない。

壁に押しつけられもう一度キスされる。剛毅のキスはいつだって気持ちいいけれど、今度のキスは一際熱くて――。

ひどい、と思う。

俺はこういうコトに関してはビギナーなのに。そんなキスをされたらますます好きになってしまうに決まってる。

気持ちに正直に反応してしまった股間を剛毅が鷲掴みにする。

「キスだけで、どうしてこんなになるんだ？」

ジーンズ越しに股間を揉まれ、琳也は喘いだ。

「おれ……へん……？」

「……今日も店を開けるのは止めるか……？」

後ろにずれていった指先に蕾を強く押され、琳也は仰け反る。逸らした視線の先には、半ば下拵えが済んだ食材があった。

「でも、折角用意した食材が古くなるし、今日はたくさんお客さんが来るって……」

「では、ちょっとにしておこう」

しゃがみ込んだ剛毅が琳也のジーンズの前立てを開く。取り出されたモノを剛毅が無造作にくわえこんだのを見て、琳也は両手で口を塞いだ。

嘘……！　これってかの有名なフェラチオ……!?

「ン……っ」

あったかい。

深く招き入れられ、吸われただけでイきそうになってしまった。でも、剛毅が上目遣いに見ているのに気がつき、何とか腹に力を入れて堪える。すぐイってしまうなんて無様だ。

強い快楽に平衡感覚がおぼつかなくなるが、そこは壁に背中を押しつけることで何とか保って。

「はあ……は……っ」

切なく喘ぎつつ、琳也はもじもじと腰を揺らした。気持ちよすぎて、どうにもじっとしていられない。

キスがうまいってコトは多分、舌が器用だということなのだろう。そして剛毅はその器用さを、琳也のソコに対しても存分に発揮した。

薄い皮膚の表面を剛毅の舌がなぞり上げるたび、琳也の心も躯も甘く痺れてゆく。

「あ……イく……っ、イく……っ」

出て、しまう。

折角予告したのに剛毅は止めるどころか琳也を深くくわえこみ、強く吸った。

堪え性のない琳也がそんなことされて我慢できるわけがない。

途方のない喜悦が迫り上がってきて、そうして——。

「あ、うそ……」

極めてしまう。

剛毅の口の中で。

琳也の狼狽をよそに、剛毅は琳也の精を最後の一滴まで受け止めた。飲み下したのが喉の動きでわかった。とんでもないことをさせてしまったという背徳感と鮮烈な快感に、琳也はへたり込んでしまう。そうしたらなんともむずがゆいことに、剛毅がひょいと持ち上げ、風呂場へと運んでくれた。

脱衣スペースに琳也を下ろし、流しで口をすすぐ。それから身を屈め、腰が抜けてしまった琳也の耳元に色気が滴りそうな声で囁いた。

「続きは夜にな」

ふるっと躯が震えた。

動けずにいる琳也の頭を最後にくしゃりと掻き回し、剛毅が厨房に戻ってゆく。

ヤバい。エロい。

夜への期待で頭がぱーんと破裂しそう。出したばかりなのに、躯が熱い。

「お……おしながき、つくんなきゃ……。それから……それからええと……」

琳也はよろよろと立ち上がると、震える手でタオルを絞り、局部を拭いて身なりを整えた。ピンボールのボールのように壁にぶつかりながら、厨房に戻る。

リリさんの予告通り、日が沈むと同時に客が来始めた。

琳也は急遽物置から折りたたみ式の椅子とテーブルを出し通りに並べる。島には車が走ってないから、こういうところはやりたい放題だ。

今日のメインは鶏のコンフィ。低温でじっくり加熱してからフライパンで焼くため、表面はカリッとしているのに中はしっとりやわらかい。店を開ける前に夕食を兼ねて試食したが、全部自分で食べてしまいたいくらい美味だった。

剛毅自身このうまさにハマって毎日のように作っていた時期があるらしい。極めたと豪語していただけあって手際がよく、火の入れ具合も完璧だ。

「ほう、これはうまい」

カウンターに座った客が思わず漏らした賛辞に頬が緩む。そうだ、剛毅の料理は旨《うま》いのだ！

ただ、彼らの感想は妙にピント外れだった。

「甘いな」

「うむ、甘い」

「瑞々しくって芳醇なこの味わい、たまらぬな」

なぜ肉の感想が〝甘い〟なんだろう。

「おい」

剛毅に視線を向けられ、琳也は肩を竦める。

「別に、間違って砂糖混入したりはしてないと思う」

「そんなことはわかってる。おまえはこれを食べてどう感じた。甘いと思ったのか？」

「……別の意味では思ったかも」

腕を掴まれ、カウンターの中へと引きずり込まれた。

「どういう意味だ」

「剛毅が心配しているような意味じゃないよ。その、準備中に剛毅があんなことするから、早く仕事を終えて俺もこの鶏肉みたいに剛毅に料理されたいな――なんて気分になっただけ……」

気を逸らそうとしていたのに、急に飛び切り甘くてエロティックな気分が高まって、触られてもいないのに下半身が蕩けそうになった。

今も早く可愛がって欲しくてうずうずしてる。

「……」

聞かれたから答えただけなのに剛毅の目が冷たくなった。

「うっ……冗談だって。そんな目で見ないでよ」

「ごちそうさま。お勘定《かんじょう》は？」

「あっ、はい！」

客に呼ばれたのをいいことに、琳也はカウンターの中から逃げ出した。腰の奥を疼《うず》かせながら、酒を注ぎ、空になった食器を下げ、くるくると働く。

動いていないと変なことを考えてしまいそうだった。剛毅の手の感触とか、胸の先をいじめられるとどんなに気持ちよかったかとか、剛毅のアレの逞しさとか。

異形たちは純粋に食事が目的で来ているものが多く、長居しない。

鶏肉が全部なくなってしまうと、潮が引くように暇になった。とりあえず、通りに出してあった机と椅子を端に寄せて食器を洗う。最後の客が席を立つと、前かけで手を拭きながら急いで会計を済ませ――この異形は、代価を金貨で払った――、見送ると、『営業中』の札をひっくり返し、暖簾を外した。

格子戸を閉めた途端、剛毅に捕まえられ、キスされた。

「ん……っ」

いきなり濃厚なのをキめられ腰砕けになった琳也に、剛毅が宣言する。

「ヤるぞ」

「うっ」

飢えを滲ませた声が腰にキた。昨夜も散々ヤられた気がするのに今日もヤる気満々なんてどれだけ絶倫なんだと思うが、昼間抜いて貰ったのに躯を疼かせている琳也には何も言えない。

「あ、じゃ、じゃあ、風呂入ってくる……」

剛毅の目が獰猛に細められる。

「焦らすな。悪いが今夜は余裕がない。昼間からずっと我慢していたんだ、来い。下拵えはすんでいるんだろう？　おいしく料理して、骨まで食らってやる」

ねっとりと頬を舐められて琳也は震えた。

食べられたい。

島にいる間だけでもいい。歯で骨に残った肉をこそげ落とすように丹念に味わって欲しい。

琳也は精一杯背伸びして自分から剛毅の首に両手を回した。唇を唇に押し当てて、隙間から舌を入れてみる。剛毅はさっきどんな風にしただろう？　記憶を手繰り寄せつつ剛毅の口の中を探ってみると、有無を言わさず舌を絡めとられた。

「ん……ふ、う……」

二階の寝間につれこまれ、押し倒される。性急に服を剥かれ、すべてを剛毅の目に晒された。

せめてと両手で股間を隠そうとするも引《ひ》っ剥《ぺ》がされてしまい、琳也は赤面する。まだ大したことをされていないのに、琳也のモノはこれからされることへの期待に緩く頭をもたげていた。

それを見た剛毅が舌舐めずりする。

寡黙《かもく》だがどこか獣じみたところのあるこの男にそんな顔をされるとかなり怖い。だが、竦んでしまった躯と反対に、琳也のモノは更に角度を増してゆく。

「俺にヤられたくて、もうこんなにしているとはな」

「ち……違う……」

「違うのか?」

意地悪く聞き返されると、琳也には嘘をつき通すことができない。

「うう、違わない、けど」

恥ずかしくて消え入りそうな気分だ。もういっぱいいっぱいなのに剛毅は更に立てさせた琳也の膝を大きく割った。

「俺にFuckされたいって言ってみろ」

「え……」

「おまえがねだる姿が見たい」

ただでさえ熱くなっていた躯が温度を上げる。頭が沸騰《ふっとう》してしまいそう。

琳也は脇に退けられていたタオルケットをもぞもぞ引っ張り、口元を押さえた。答えようとしない琳也を、剛毅が鼻で笑う。

「慣らすぞ」

剛毅の指がくわえこまされる。ぬく、ぬくと動き始めたそれに、琳也は小さく口を開けて喘いだ。

いい……。

時折イイ場所を刺激されると、くんと腰が反り返り、中が剛毅の指を締めつける。

「……んっ」

「おまえの躯の」

腰骨の上に剛毅の唇が押し当てられた。

「このあたりのラインはいいな。張りがあって瑞々しくて、ほどよく引き締まっていて」

みぞおちのあたりまで舐め上げられ、琳也は下肢を震わせる。早くも潤んできた目で睨むも、剛毅は意に介さない。

「ココの具合もヤるたびによくなっている。初めはいつも貞淑ぶってきつく締まっているのに、感じてくるとやわらかく熟れて、まるでしゃぶられているみたいだ」

「あ……っ、あ……っ」

中で指が曲げられる。オイルで濡れた指でにゅるりと肉壁をくじられ、そこ、イイ、と琳也はおののいた。

「わかるか？　もうひくひくしている」

――っていうか、軽くイっている。

腰が蕩けてしまいそう。

「早くここに俺のを入れたい。思い切り揺さぶって、奥までこう」

突き上げを模《も》すように、二本に増やした指を奥までぐっとねじこまれ、琳也は上擦った悲鳴を上げた。

「ひ……あ……」

「犯しまくりたい」

もどかしくて頭がおかしくなりそうだった。自分だってそうされたい。もっと太くて熱い剛毅のアレを腹の奥に感じたくてたまらない。

「琳也」

こういう時ばかり名前を呼ぶなんて、狡い。

「俺が欲しいか？」

琳也はタオルケットを噛みしめる。

欲しいに決まっていた。指でいじられるのもイイけれど、全然足りない。飢餓感に頭がおかしくなりそうだ。

「ごーき……」

「うん？」

タオルケットを奪われ、指で唇をなぞられ――琳也の中でぷつんと何かが切れた。

「ファック、して」

一度口を開いてしまうと止まらない。

「剛毅にファックして欲しい。奥まで来て。俺のこと、ぐちゃぐちゃにして……」

後ろが十分やわらかくなるまでの時間が永遠にも思えた。

ようやく剛毅の指が引き抜かれ、反り返った雄を突き入れられると、琳也は感極まり泣きそうになった。

剛毅が、脈打っている。俺の中で。力強く、熱く、息づいている……。

「琳也」

ぶっきらぼうなようでいて、男の色気に満ちた声が琳也の名を呼ぶ。

「痛いか……？」

琳也は首を振った。恥ずかしいが、嘘はつけない。

「では、気持ちいい？」

剛毅が琳也の中で動き始め、琳也は逞しい背中に爪を立てる。そうでもしないとすぐにイってしまいそうだったのだ。

「ん……気持ち、いい……」

「では、これは？」

荒っぽく奥を穿たれ、躯が揺れる。

「……っ、いい……っ」

「無理しているのではなさそうだな」

腰が掴まれた。

「では……いくぞ」

剛毅もまた琳也同様、準備が整うまで我慢に我慢を重ねていたらしい。本当に獣のように琳也を貪った。摩擦で焼き切れてしまうのではないかと思うほど激しく中を穿たれ、琳也はよがり、のたうち、最後には泣いた。

「もういやだ。許して。悦すぎておかしく、なりそう……！」

「おかしくなりそう、か」

中を押し広げる圧が高まったのを感じ取り、琳也は震撼する。

「何で……っ、何で止めてって言ってんのに、大きく……っ」

まなじりからぽろぽろと涙がこぼれ落ちる。どろどろになった下半身はもう自分のものではないかのようだった。もはや出るものもないのに、剛毅が動くたび敏感に反応し、ひくんひくんと雄を締めつける。

「あ……あ、また、イく……っ」

しゃくり上げながらも唇を噛み快楽に堪えようとシーツに爪を立てたところでくんと腰をしゃくられ、琳也は息を呑んだ。剛毅の切っ先が最奥の感じてならない場所まで届いたのだ。

「あ……や……っ」

全身が甘く痺れる。力んでもペニスの先からは透明な体液がほんのわずか出るだけ。でも、信じられないほど深い喜悦が全身に広がり、琳也はわななないた。

「ほんと……死んじゃう……やあ……」

琳也はもう息も絶え絶えだというのに、剛毅は萎える様子もない。それどころか再開された律動の激しさに琳也は慄然《りつぜん》とする。

結局、もう一度イかされた上、中で出された。

体力も腕力も違う剛毅に抵抗するのは不可能だった。一度組み敷かれてしまったら、琳也は剛毅の気が済むまで好きにされるより仕方がない。

収まり切れない精液が蕾から伝い落ちる感触の卑猥《ひわい》さに気が遠くなりそう。情熱的に求められるのがたまらなく嬉しくて、琳也は剛毅に与えられる快楽に溺れた。

ことが済むと、琳也は泥のように眠り――――夢を見た。

七、五夜目

気がつくと琳也は古い台所にいた。蛇口の周りに水垢がこびりついたステンレスの流し、木の壁、旧式の換気扇。どうやらここはじいちゃんちのキッチンらしい。かすかな線香のにおいは、仏壇のある居間から流れてきたものだ。

いつの間にか琳也の身長は縮み、手も足も子供のものへと変化していた。

何をやっていたんだっけ？

目の前の流しには五色の花が山盛りになったボウルが置かれている。

そうだ、晩ご飯作ってたんだ。

琳也は花を取るとまな板の上に広げ、包丁でとんとん叩き始めた。

じいちゃんと琳也の分。じいちゃんはお仕事で外出中。うちの中はしんと静まり返っている。

じいちゃん、ちゃんと帰ってきてくれるかなあ。

急に強い不安感に襲われ、琳也は流しの縁を掴んだ。

パパは突然いなくなった。ママは琳也をじいちゃんちに置き去りにした。じいちゃんにまでいらないって言われたら、どうしよう。

琳也は不安から無理矢理目を逸らす。

いい子にしていれば大丈夫、じいちゃんはきっと琳也をここにおいてくれる。だからほら、晩御飯、作ろ？

桃色の花と黄色の花をよく混ぜていると、ちゅりっと小さな声が聞こえた。

――おなかすいた。なんかちょーだい。

どこから入ってきたのか、黄色い冠羽をぴょこんと立てた鳥が流し台の縁に止まり琳也の手元を覗いている。琳也はびっくりして潤んだ大きな目を瞬かせた。

この鳥、知ってる。オカメインコだ。絵本の中から飛び出してきたのかな。……絵本に描かれていた通り、すごく可愛くて賢そう。

もう一度鳥がちゅりっと鳴く。雀や鳩の鳴き声と変わりないのに、琳也の耳にはやっぱり『おなかすいた。なんかちょーだい』と言っているように聞こえた。

おなかを空かせているなんて可哀想だ。

琳也は茶碗に花を盛ってオカメインコに差し出した。オカメインコはしげしげと茶碗の中身を眺めてから頭を突っ込み啄んだ。

そうして、おいしー！　と叫ぶ。

おいしい、もっと。もっとちょうだいと。


「そうだ、もっと寄越せ」


一瞬眠っていたようだった。不穏な声にはっとして目を凝らすと、じいちゃんの家は消え、荒廃した街が眼前に広がっていた。

カナリアイエローにライムグリーン、それからチェリーレッド。

赤茶けた風景の中、はためく布が目に痛いほど華やかに惨劇を彩る。

以前見たのと同じ夢。だが、今回は剛毅がいた。大きな銃を抱え込むようにして躯を支え、他より小さなコバルトブルーの屍衣の中を覗き込んでいる。

視点が剛毅へと迫り、コバルトブルーにくるまれたものを映し出した。

五歳ほどの天使のように可愛らしい顔立ちをした子供。こめかみに開いた穴から溢れ出した血の中を、早くも死の臭いを嗅ぎつけ飛来したハエが歩き回っている。

剛毅は微動だにしない。琳也の存在に気づいてすらいないようだ。鋭い剛毅が琳也の存在に気づかないことなどあるはずないのに。

不穏な空気に無性に気が急く。

誰かが琳也たちを見ている。

剛毅に触れて注意を引こうとした時だった。死んでいるはずの子供の目が開き、琳也を見た。

+　+　+

「あのさ、話したいことがあるんだけど、海まで散歩しない？」

そう誘うと、剛毅は黙ってついてきてくれた。

ジーンズのポケットに煙草とライター、腰にサバイバルナイフのホルダーをつけているだけの手ぶらだ。琳也は折角海まで行くのだから何か戦利品を持ち帰ろうとカートを引っ張っていた。時々海から吹き上げてくる風に、Ｔシャツの上に羽織ったシャツが音を立てはためく。まっすぐ海まで見通せる通りには他に誰の姿もない。

海岸が迫ってきたところで、重い口を開く。

「軍人だったって前、言ってたよね」

「ああ」

「やっぱり海外に派遣されたりしてたの？」

剛毅は心なしか厭そうな顔をした。

「ああ」

「子供の死体、見たことある？」

剛毅の足音が消える。

「なぜそんなことを聞く」

琳也はごくりと唾を呑み込んだ。

「荒野の中にある、破壊された街に心当たりは？　あちこちに骸が転がっていて、すごく鮮やかな色のストール？　サリー？　みたいのが、風になびいていた」

布は風に煽られているというより見えない水の流れに揺蕩っているようだった。夢の記憶のほとんどは目覚めるとすぐ消えて行ってしまったけれど、この恐ろしいのに幻想的な風景だけは強く印象に残っている。

「何だ、それは。どこでそんな話を聞いた」

剛毅の声がいつもより低い。

「聞いたんじゃない。見たんだ。昨夜。夢の中で」

今朝の目覚めは最悪だった。跳ね起きた後もしばらく動悸が収まらず、琳也はその場にかたまっていた。

何なんだ、あの夢は。あれは——本当にただの夢なのか？

——何を寝ぼけたことを言っている。そんなことがあるわけないだろ！

「まさか——おまえは見たのか？　俺の悪夢を」

振り返ると、剛毅は怒りと絶望をないまぜにしたような表情を浮かべていた。

「やっぱり俺が見たのは剛毅の夢だったんだ。あの夢、昨日だけでなく一昨日も見た？俺たちが出会った翌日も？」

「ああ」

「他の晩にも見たことある？」

「ああ。毎晩だ」

「へ？」

予想もしていなかった返答に、琳也はとっさに反応できなかった。

「この島に来てから、毎晩ずっと見ている。ああいった悪夢を」

だから、だったんだ。

初めて会った時、剛毅がどうしてあんなに攻撃的だったのか琳也は理解し、ぞっとした。この男は追い詰められていたのだ。肉体的にだけでなく、精神的にも。

ぐっすりと眠れないのはつらい。

朝起きた時に感じるのは、満足感ではなく今日もあまり眠れなかったという疲労感だ。一日や二日ならいいが、そんな日が延々と続くと人は蓄積してゆく疲労に心身ともにおかしくなってゆく。——琳也のように。

どんなにタフでも毎晩悪夢を見せられたのではたまらない。この男が毎朝早く起きるのは悪夢から逃れるためだったのではないだろうか。

何も気づかない琳也はさぞかしのんきに浮かれているように見えたことだろう。剛毅があんな凶行に及んだのも納得だった。琳也だって気が立って、夜中、物音を立てた隣人に我ながら正気とは思えないほど強い殺意を覚えたりしていたのだ。

「あれ、普通の悪夢じゃないと思う。以前市場で警告されたんだ。あんたに何か憑いているって。それに俺、魘されているあんたに、魑みたいのがのしかかっているのを見た」

「魑……？　猫くらいの大きさの、獣みたいな奴のことか」

具体的な描写に、琳也はごくりと唾を飲み込む。

「何でそう思ったわけ？」

「この島に来た初日に俺を襲った奴だ。何発弾を食らわせても平気で襲いかかってきて、消えた」

「――夜に出会ったって奴か！」

黒衣の異形の言った通りだった。〝よくないもの〟に、剛毅は取り憑かれていたのだ。

琳也は背伸びして剛毅を抱き締めた。

「おい？」

「そんな得体の知れないモノに取り憑かれて、ずっと悪夢を見せられてたなんて、しんどかったよね？」

剛毅はしばらく身を固くしていたが、やがて背を抱き返してくれた。

「もう大丈夫だよ。夢からそいつを追い払えば、あんたは解放される」

「夢の中から追い出す……？　どうやったらそんなことができるんだ？」

琳也は首を傾げる。

「さあ」

剛毅の顔を見た琳也は慌てて人差し指を空に向け振り回した。

「だ、大丈夫だって。――おいで」

どこからともなく現れたオカメインコが琳也の指に止まる。

――りんりん、ようじー？

「そうだよ、用事。教えて欲しいことがあるんだ。剛毅に何か取り憑いているのがわかる？　〝よくないもの〟みたいなんだけど」

きゅるんと頭を傾け、オカメインコは剛毅を見つめた。

――わかるよー。ごーきのこと、すっごくきにいってるみたい。

剛毅の唇が引き結ばれる。

「どうすれば追い払える？」

オカメインコはんーと反対側に頭を傾けた。

――どうって、りんりん、ごーきのゆめにはいれるんでしょー？

琳也は息を呑んだ。そう言われれば、そうだ。でも、自他共に弱っちいと認める琳也が〝よくないもの〟と対決する？

蒼褪めた琳也に、剛毅も不安になったらしい。

「おい、何と言っている」

「俺がそいつと戦って夢から追い出せばいいらしい」

剛毅の表情が暗くなる。琳也は急いで元気づけるような笑みを浮かべた。

「だ、大丈夫。大船に乗った気でいていいよ。あんたの夢には二回入ったこともあるし、勝手はわかってる。あんたの眠りを脅《おびや》かす不届き者は俺がボコボコにしてやるから！」

喋っているうちにテンションが上がってくる。

同僚や上司に会った時には随分と剛毅に助けられた。今度は琳也が剛毅のために頑張る番だ。悪夢から解放された暁《あかつき》には剛毅も琳也のように『好き……♥』という気持ちになってくれるかもしれない。島を出るのを止めて、琳也とずっと一緒にいてもいいと思ってくれるかも。

「大丈夫。俺があんたを守ってやる」

だが、剛毅は片手で顔を覆ってしまった。

「おまえがあれと戦う……？　駄目だ」

肩を押され、密着していた躯が引き剥がされる。

「えっ、な、何で？　困ってるんだろ？」

「いいや。たかが夢だ。何てことない」

「……嘘だ」

「嘘じゃない。だからおまえは余計なことを考えるな」

「余計なこと!?」

今度は琳也が剛毅の胸を突いた。

「何が余計なことなんだよ。まともに眠れてないんだろう？　それにあんただって俺のことを心配して助けてくれたじゃないか」

すごく嬉しかった。だから、俺もあんたを助けてやりたいって思ったのに。

剛毅は、琳也の気持ちをわかってくれない。

「気持ちは嬉しいが、おまえにあの化け物を倒せるとは思えん。頼むから何もするな」

琳也は唇を噛む。

へっぽこだという自覚はあった。

でも、ここには琳也しかいないのだ。確かに怖いが、剛毅のために頑張ろう。そう――思ったのに。

「剛毅の馬鹿っ！」

大きな声にオカメインコがびっくりして飛び立つ。琳也は剛毅を置き去りに、海へと走った。熱く灼けた砂浜を突っ切り、じゃぶじゃぶと潮を蹴立て、膝まで海に浸かったところでようやく足を止める。

振り向いてみると、剛毅はまだ道半ばで立ち止まっていた。

「――ばか」

オカメインコがぱたぱたと跳んできて琳也の肩に止まる。

——りんりん、ないてる？

「泣いてない！」

そうだ、へこたれている場合じゃない。剛毅が何と言ったところでやるべきことは決まっている。剛毅の安眠の奪還《だっかん》だ。

琳也は浜へ向かって戻り始めた。

「総員、集結——！」

頭を仰け反らせて声の限りに号令をかけ、大きな石の上に上り胡坐を掻く。ここからはもう剛毅の姿は見えない。

あちこちの岩陰から鳥たちが湧き、集まってきた。

——なにするの、りんりん。

——きのこ、さがす？

——ちがうよね？　いちばんおっきなココヤシだよね？

——おなかすいた……。

琳也は居住まいを正すと、周囲の木の枝や岩の上にちょんと止まった鳥たちに向かって頭を下げた。

「剛毅が悪いものに取り憑かれてる。剛毅を助けるために力を貸して欲しい！」

セキセイインコがこてんと頭を傾ける。

――ごーきはいらないってゆったのに？

余計なことを言うセキセイインコを、琳也はにぎころの刑に処した。

「苦しんでいるとわかってるのに、ほっとけるわけないだろ。あいつがどう思っていようと、俺にとってあいつは――大事な人なんだ」

琳也の運命。ずっと待ち望んでいた存在。剛毅はそんな風には思ってないのかもしれないけれど。

――きゃー！

コンゴウインコが雄たけびを上げ、興奮したヨウムが畳んだ翼をわきわきさせた。そうしたら島を包む空気まで震えた気がして、琳也はたじろぐ。

――いいよー、りんりん。てつだったげる。まずは、なにしてほしい？

異様な空気にちょっと腰が引けそうになってしまったけれど、今大事なのは剛毅だ。

琳也は唇を舐め、話を始めた。

＋　＋　＋

カートにココヤシを括りつけて帰ると、先に飯屋に帰っていた剛毅がわざわざ出迎えてくれた。すでに仕込みを始めていたらしく前かけを締めている。

ただいまと言うと黙ってココヤシをカートから外し運び始めた。

「あの、さっきは馬鹿だなんて言ってごめん」

ぼそぼそと切り出すと、腕を掴まれドキリとする。

「明日からは仕込みも手伝うよ。あまり戦力にならないかもしれないけど、俺もちゃんといろいろできるようになりたいし」

「……」

無言で店の中へと押し込まれる。後ろ手にからりと戸を閉めた剛毅にキスされた。

これって、仲直りしようってことなのだろうか。

「じゃあ、何からすればいい？」

何だか照れくさくてキスを終えるなり切り出すと、剛毅は何とも言えない顔をしたものの、仕事を割り当ててくれた。

その晩も飯屋は大盛況で多忙を極めた。

最後の客を送り出しぐったりしていると剛毅が近づいてくる。何だろうと思ったら当たり前のようにキスしようとしたので、琳也は慌てて掌で剛毅の口を押さえた。

「きょ、今日はえっちはなし。疲れたし、昨日もあまり寝てないし」

剛毅の目に一瞬飢えた獣じみた色が覗く。

「なんでそんな物足りなさそーな顔するんだよ？　昨夜もしたし、あんたもずっと厨房に立ちっぱで疲れてるはずだろう？」

それに恋愛初心者相手に急に甘い雰囲気を醸されても困るのだ。

両手でガードしながら後退ろうとするも捕まえられてしまい、無理矢理ヤる気だろうかと震撼する。だが、剛毅は一度軽いキスをしただけで解放してくれた。

「第一関門はクリア、かな」

先に風呂を使わせてもらって二階に上がったところで、作戦開始である。

自分の寝間で息を潜めて剛毅の気配を窺う。襲い来る眠気をこらえつつ待っていると、やがて剛毅も上がってきてじいちゃんの部屋へと入っていった。しばらくは布団を敷いたり何だり動き回る音が聞こえていたが、やがて静かになる。念のため三十分ほど待つと、琳也は静かに部屋を出た。手にはタオルを巻きつけた包丁がある。鳥たちが教えてくれたのだ。こちらで身につけていたものはあちらに持っていける確率が高いと。実際、剛毅の夢の中の自分は、寝間着《ねまき》にしていたTシャツとスウェットのパンツ姿だったような記憶がある。

琳也はそっと剛毅の部屋に入り、隣に横たわった。目を瞑ると同時に待ち構えていた睡魔に絡め取られ——気がつくと、琳也は街の前に立っていた。今までとは違い街はまだ破壊されていない。原色を纏った女や子供たちが生き生きと動き回り、それぞれのすべきことをしている。

琳也は街の喧騒に惑わされることなく神経を研ぎ澄ました。

見ている。誰かが。

どこから見ている？

ちゃんと持ってこられた包丁を手に街の中へと歩き出すと、コバルトブルーが視界の端を流れた。

前回死んでいた子供だ。他の子たちときゃあきゃあと笑い声を上げながら琳也の横を駆け抜けてゆく。その表情があんまりにも生き生きとしていて、幸福そうで、背筋が寒くなった。

「——あれは、どこ」

小さな声で呟くと、足下に落ちる影から何十羽もの鳥たちが飛び出してくる。湧き起こる風が髪を煽った。

――りんりん、こっちこっち。

ちるるると鳴く声に振り向けば、はっとするほど鮮やかな黄色のセキセイインコが通りにいる。琳也と目が合うと、インコは一軒の粗末な家の扉を見上げた。

包丁に巻きつけていたタオルを剥くとその家に歩み寄り、扉を開ける。中は暗く、明らかに建物より長い空間が左右に続いていた。壁もコンクリートに変わっている。

ここはあの建物の中ではない。どこか別の、おそらくはビルの中だ。

――こっちだよ。

――こっちこっち。

廊下の先でブルーのセキセイインコが呼んでいる。いくつか角を折れ、階段を降り、見つけた扉の中にそれはいた。

剛毅と一緒に。

剛毅は椅子に座らされ、両手を後ろで括られていた。剛毅と同じ服を着た軍人らしき人たちが周囲を取り囲んで厳しく何かを詰問しているのはどうしてだろう。聞き取ろうとしても早口な上、英語が苦手だった琳也には何を言っているのか全然わからない。ひどく殴られた後らしく剛毅は項垂《うなだ》れているし、カーキ色の服には靴跡までついている。

〝よくないもの〟は剛毅の左肩に食らいついていた。

靄のような顎が盛んに動いているが、剛毅の肉が噛みちぎられている様子はない。

──ごーきの〝くつう〟をたべてるんだよ。それから〝ひたん〟に〝ふんぬ〟。

──おいしそー。

──でも、あんなことしたらすぐこわれちゃう。

──こわしたら、だめだよね。

──なでなでしてもらえなくなっちゃうもんね。

──おなかすいた……。

いつの間にか半円を描くようにずらりと並び見物していた鳥たちが囀る。色々と気になることはあるが、今は剛毅救出が最優先だ。

琳也は包丁を構えた。外では無理だが、夢の中でなら〝よくないもの〟にも物理攻撃が効くと聞いている。

「えい！」

琳也は精一杯の鋭さで包丁を突き出した。さくりと切っ先が刺さる感覚があり──食事に夢中になっていた〝よくないもの〟が瞬時に琳也へと向き直った。凶暴な雄叫びが空気を震わせる。

「ひいっ」

飛びかかられとっさに包丁を振り回すとまた靄に当たったが、琳也も腕に食いつかれた。

手首と肘の間に生じた痛みの強さに琳也は驚愕する。

「いったー！」

闇雲に包丁を振り回すと、〝よくないもの〟が飛び退く。もやもやとした靄の塊で顔などよくわからないのに、嘲笑《ちょうしょう》されたことだけははっきりわかった。

「くそー！」

頭に来てぶった切ってやろうとするも、扉の隙間から廊下へと逃げられてしまう。

――あーあ、いっちゃった。

――とどめ、させなかったね。

いつしか剛毅を囲んでいた軍人たちは消えていた。

「ん？　これってもう一度ここに来て、あいつを探すところからやり直しってこと？」

――そだよー。

――それともいま、おっかける？

そうした方がいいのはわかっていたが、喧嘩慣れしていない琳也は一分にも満たない交戦で疲弊しきっていた。とてもそんな気力はない。おまけに噛まれた傷からはたらたらと血が伝い落ちている。夢の中なのに酷く痛い。

拘束を解いてやっても、剛毅はぼーっとしており反応がなかった。

「様子がおかしいんだけど、これって今のに食われたせい？　まさかずっとこのままじゃないよな？」

――ここ、ゆめだもん。こんなもん、こんなもん。

――かじられたの、ちょっとだけ。めがさめるころには、もとどーり。

――そうそう。まだだいじょーぶ。だいじょーぶ。

「まだ、か」

つまり、このままだといつか大丈夫ではなくなるのだ。

手を引くと立ち上がったものの、それだけだった。何もしようとしない。心なしか躯もふらふら揺れている。腹が出るのも構わず自分のシャツの裾を引っ張って顔の汚れを拭いてやったら、ようやく目が動いて琳也を捉えた。

「お？」

自分の怪我には無頓着《むとんちゃく》なのに、〝よくないもの〟に噛まれた琳也の傷が見えたらしい。手首を引き寄せられ、しげしげと見つめる。

眉間に皺が寄り、シャツがめくられた。べたべたと躯のあちこちを触られる。他にも怪我をしていないか確かめているようだ。

「心配してくれてるの？　俺のことなんかより、自分の心配をすればいいのに……」

抱き込まれ、琳也はぽんぽんと背中を叩いてやる。

「でも、心配してくれてありがと。あと、寝惚《ねぼ》けたみたいになったあんたって、ちょっと可愛いな」

だが、あの〝よくないもの〟は許さない。絶対にだ。

次こそ息の根を止めてやるから首を洗って待っていろと、琳也はもう見えない黒い靄に向かって中指を立てた。

八、六夜目

目が覚めると、枕元に珍しく剛毅がいた。膝に手を突き、琳也の顔を見下ろしている。

「ん……なに……？」

起き上がろうとして琳也は思わぬ痛みに呻く。

まさかと思って撥ね除けた上がけは血に塗《まみ》れていた。腕にはくっきりと歯型が残っている。

「あ――……」

とりあえず布団を元に戻して傷を隠した。きょろきょろ見回して、剛毅に傷が見えないよう気をつけつつその辺に脱ぎ捨ててあったシャツに袖を通し、しれっと部屋を出て行こうとする。だが、剛毅にシャツの裾を掴まれあえなく逃走は失敗した。

「どうしてそれで誤魔化せると思うんだ、おまえは」

「や、もしかしたらと思って。試してみただけ……」

「昨夜、おまえの夢を見た」

剛毅の声は淡々としていたが、琳也はその下に燃え滾るような怒りを感じた。

「余計なことはするなと言ったはずだが、したな？」

思わずごめんなさいしたくなったが、かろうじて堪える。悪いことをした覚えはない。

「琳也」

頑なに黙っていると、剛毅の指が頬をゆっくりと撫でた。ざわりと膚が粟立つ。

「え……えっちな触り方禁止……」

「躯に言い聞かせてもいいんだぞ」

それはまずい。

琳也はキッと剛毅を睨み返した。

「あのさ、剛毅は俺に腰抜けになれっていうわけ？」

「……何？」

「す、好きな奴が苦しんでるのに、あ、すいません俺、力不足なんで何にもしてやれないんですなんて、へらへらしてられるわけないだろ」

剛毅の目が僅かに見開かれる。剛毅はそのまましばらくじっと琳也を見つめていたが、やがてぼそりと言った。

「おまえ、俺が好きなのか……？」

しまった。

かーっと頭に血が上り――琳也は開き直った。

「あんたは、お、俺が、好きでもない奴に尻を許すようなふしだらな奴だと思ってたのかよ」

「だが、最初にシた時、怒っていたろう？　この背中の印のせいか？　運命の相手だと思ってそういうことを言うのなら――」

肉が打ち合わされる鈍い音が響いた。琳也が渾身の力で繰り出した拳が分厚い掌に遮られたのだ。

「むっ、むかつく！　殴らせろ……っ」

だが、琳也の拳は剛毅の掌にしっかりと握り込まれ、殴ることはおろか引っ込めることすらできない。

「うーっ」

しばらく力比べをしたもののどうにもならず諦めて力を抜くと、抱き締められた。

「何すんだよ。放せよ」

力ではどうにもできないと思い知ったばかりである。おとなしく押さえ込まれつつ文句を言っていると、傷ついている方の腕の袖をまくられた。抱き締めたのはこのためかと歯噛みする琳也をよそに、剛毅は淡々と傷を検分する。

「怒るということは、運命など関係なく俺が好きなのか？」

そうだ。

あの時の激情がぶわりと蘇り、琳也は目を伏せた。

「だってあんた、俺の代わりに上司に鉄槌《てっつい》くだしてくれたし」

「単純な奴だな」

「どうせ俺は単純だよ」

溜息交じりに呆れられ、きりきりと胸が痛む。

どうせ俺はちょろい。わかってるけど、その通りだけど、そんな風に言うことはないじゃないか……。

唇を噛んで俯くと、剛毅が面倒くさそうな顔をした。

「ここに、チワワがいるとする。ちょっと抜けているがお前を慕ってくれている可愛い奴だ」

「……？　うん」

「ある時、熊と遭遇したら、チワワは敵いっこないのに、お前を守るために熊へと立ち向かおうとした。おまえなら、どうする？」

琳也は唇を引き結んだ。

「あんたの言いたいことはわかるけど、だからってあんたを見殺しにするなんて選択肢は俺にはないから」

「……では、誰か——たとえば隣の熊に加勢してもらったらどうだ？」

気は優しいけれど力持ちのリリさん。確かに彼が加勢してくれれば心強い。剛毅を食い物にする〝よくないもの〟など、大きな前肢で一撃だろう。彼がこの島の異形ではなく普通の人間だったら、剛毅に言われるまでもなく縋っていた。

「でもじいちゃんが、この島の異形たちに頼みごとするのは極力避けろって……」

飯屋で供する食事の対価が琳也たちには推し量れないように、異形たちの価値基準は琳也たちとは違う。普段気安くつきあっている相手であったとしても、どんな見返りを求めてくるかわからない。場合によっては命にかかわるような要求をされることもあるらしい。

「鳥たちにもか？」

「この子たちは友達だから色々聞いてくれるけど、今でも結構許容範囲ギリギリなんだ」

強い視線が琳也を貫く。

「なぜおまえのおじいさんはそんな警告をした。痛い目に遭ったことがあったのか？」

「わからない……」

理由について聞いてもじいちゃんは何も教えてはくれなかった。細められた瞼の隙間に見える目はいつもと違ってなんだか怖くて、琳也は〝どうして？〟を呑み込んだ。あの時のじいちゃんの顔つきは同じだった。あんたは今日からじいちゃんちの子になるのよと告げたママと。――つまり聞いたってどうにもならないことってこと。

剛毅の両手が琳也の肩を掴む。

「この怪我の意味がわかっているか？　おまえにとって俺の夢は夢じゃない。もし大怪我をしたら死ぬかもしれない」

琳也はくしゃりと顔を歪ませた。

「やっぱりそういうことなんだよね、これ」

目が覚めて血に気づいて。死神に心臓を掴まれた気がした。

なんで夢で怪我すると、現実の自分も怪我しちゃうわけ？

障害があればあるほど恋は燃え上がるものだというけれど、燃え上がる前に心が折れそうだ。

でも今回は、今までみたいに厭だからって逃げるわけにはいかない。

「ＯＫ。大丈夫。ちゃんとわかってる。だからさ、全部うまくいった暁には――キスしてくれる……？」

強烈な奴を一発。

剛毅のキスは凄い。

いつだって何もかも頭の中から吹き飛んで、ラブラブハッピーハッピーエンドな気分にしてくれる。恐怖も苦痛も、魔法のように掻き消してくれるから。

その瞬間を首尾よく迎えられるよう、琳也は頑張るだけだ。

いきなりぎゅーっと頬を抓られ、琳也は涙目になった。

「いひゃい……」

「馬鹿が」

剛毅が忌々《いまいま》しげに舌打ちし、立ち上がった。乱暴な足取りで部屋を出てゆく。

琳也なんかにキスを要求されたのが不快だったのだろうか。

琳也ものろのろと立ち上がった。念を込めて、剛毅が閉めたばかりの襖を開けてみる。

すると当然あるべき廊下ではなく、公衆トイレに繋がった。なんとなくそんな気はしていたのだが、琳也は以前と同じように自在に道を繋げられるようになっていた。

「これで剛毅はいつでも家に帰れるってわけだ……」

——〝よくないもの〟は、あっちにいったからっていって、きえないよ？

聞きなれたインコの囀りに振り返ると、いつの間にか寝間内に出現したオカメインコがボックスティッシュのティッシュを散らかしていた。畳の上に降り積もるティッシュの残骸が残雪のようだ。

「教えてくれてありがと。でも、ティッシュを毟っちゃ駄目」

犯人を鷲掴みにして確保する。怒っているのにオカメインコは嬉しそうにぎゅいぎゅい鳴いた。

＋　＋　＋

「ふふ、甘い甘い。これぞ恋の醍醐《だいごみ》味だねえ」

満足げな客の声が聞こえる。今日も飯屋は外までテーブルを広げても足りない盛況ぶりだった。

はらはらと落ちてくる桃色の花を浴びながら客たちは剛毅が心を込めて作った料理に舌鼓を打つ。

今日剛毅が用意したメニューはカジキのソテー。肉とまごう歯ごたえと味わいがあり、実においしい。向こうでは切り身になったのしか見たことがなかったが、ここでは一匹丸ごと市場で売っている。

飲めども尽きぬ一升瓶を片手にテーブルの間を飛び回っていると、いきなりシャツの裾を引っ張られた。

「ちょっと、琳ちゃん、これ、食べてみた?」

さっきまで鼻面をソテーに寄せ、うっとりと匂いを嗅いでいたリリさんだ。

「え?　いや、俺はまだですけど……何か変でした?」

リリさんが前かけの紐に引っかけた爪をくいと動かす。

「わ!」

空いている椅子に尻餅をつくようにして座らされた琳也の前に、箸で摘まんだカジキの身が差し出された。

「はい、あーん。食べてみて」

「えええ……」

食べないことには解放されそうにない。琳也は仕方なく口を開けた。

焼きたてだからだろうか、思っていた以上に食欲をそそる香ばしさが鼻に抜ける。表面を薄く覆う小麦粉によく染みた味が絶妙、身も脂が乗っており、食べ応えがある。それに

――。

リリさんがハンカチで目元を押さえてくれた。

琳也の目からはいつの間にか涙が溢れていた。

「おいしいわねえ」

「……ん、おいし……」

なんでおれはないているんだろう?

琳也は口をもぐもぐさせながら考える。わからないけれど、歯を立てた瞬間に胸の奥が熱くなった。噛みしめるごとに剛毅が好きだという気持ちがとめどもなく広がり、止まらない。

そういえば、ストレスのせいで食欲を失って久しかったのに、剛毅の料理だけはすごくおいしく感じられたんだった。ここに来てから、子供の頃のように食事の時間が待ち遠しくてならない。

それだけじゃない。剛毅は、人肌の心地よさを教えてくれた。目を背けていた厭なものを乗り越えられるよう背中を押してくれたし、琳也のために怒ってくれた。

――スカスカだった俺の中を素敵なもので埋めてくれたのだ。

剛毅に抱かれた夜だけは、ヤりすぎが原因ではあるけれど朝寝できるみたいだし。

自分は、これだけのものをくれた剛毅に何を返せるだろう。

――決まってる。悪夢から解放してやることだ。

琳也は包帯を巻いてある腕を片手で押さえた。

――そう簡単に人間は死なない。多少怪我はするかもしれないけど、大丈夫。とにかく一つでも役に立てることが見つかってよかった。

恐怖はない。

ただ、涙が止まらないだけ。それから、剛毅への想いが。

「さすが御方が見込んだだけのことはあるわねえ。腕がいいわ。明日も楽しみにしているって伝えておいて」

「ん……」

琳也は拳で目元を拭き立ち上がる。カウンターの中に入ったところで、話しかけるより早く剛毅に腕を掴まれた。

「どうした」

琳也が泣いているのに気づいていたらしい。

「あ……リリさんが、今回のソテー、最高だったって。これからも楽しみにしてるって」

「……最高？　月並みな出来だと思うが」

最初は謙遜かと思った。だが、剛毅は本当にそう思っているようだった。

「言っただろう。俺はちゃんと勉強したことがあるわけじゃない。今日の品だって、レシピ通りに作ってみただけだ。――それで、おまえは何で泣いてたんだ？」

「ええと……」

言葉に詰まる。

迷った末、琳也はへらりと笑った。

「リリさんに一口もらったカジキがあんまりおいしくって」

「泣くほどではないだろう」

「でも、す、す、好きな人の手料理だし……？」

また胸がきゅんとなる。

剛毅が好き。好き。好き――……。

いつまで待っても剛毅のリアクションはない。

恐る恐る見上げると、剛毅は唇を引き結び怒ったような顔をしていた。

「――あ、あー……俺、器、下げてくる……」

琳也は後退り、距離を取ってからぱっと身を翻してカウンターの外に逃げ出した。

剛毅は全然嬉しそうではなかった。朝、うっかり告白した時も好きって言葉を返してくれなかったし。剛毅にとっては琳也の言葉になど大した重みはないのかもしれない。

どうせ俺はちょっと抜けているチワワだよ。

――好きなんて、言うんじゃなかった。

あんなコトやこんなコトまでしまくったくせに何だよ。

胸が潰れそうだ。

「おにーさん、もう一杯お酒ちょうだい」

「あいよっ」

怒りに任せ、どぼどぼと酒を注ぐ。勢いあまって零してしまったが、異形はこういうことには鷹揚《おうよう》だ。ああ、いいいいと、慌てて布巾で拭こうとする琳也に水かきのついた手を振り、ご機嫌で酒を呷る。

「おお、今度の酒は超辛口だな。うむうむ。これもまたよし」

「……さっきと同じ酒なんだけど」

「おおそうだったか？　ははは、細かいことは気にするな」

琳也たちのやりとりが聞こえたのだろう、近くのテーブルを囲んでいた魚の頭を持つ異形たちがコップを掲げた。

「おおい、リンヤ。俺も超辛口を所望だ！」

「俺も！」

「俺もだ！」

結局、琳也は酒瓶を抱えてほとんどすべてのテーブルを回ることになった。異形たちは同じ酒だと言っているのにさっきのより奥深い味わいだのなんだのわけのわからないことを言い合い、いつもよりも高価そうな代価を払ってくれた。

＋　＋　＋

気がつくと、暗闇の中にいた。本当に何一つ見えない恐怖に琳也は立ち竦む。

緩い風に葉が擦れ合う音や虫の音、それに女が咽び泣くような恐ろしい声が聞こえた。

――もしかして、俺は外にいるのか？　どうしよう。夜は〝よくないもの〟が跋扈《ばっこ》する時間なのに――。

「shit!　どこだここは」

聞こえてきた剛毅の声に、琳也ははっとした。剛毅と夜になってから外出した覚えはない。

一度疑問を覚えたら、霧が晴れるように意識がはっきりしてきた。

そうだ。ここは夢の中だ。琳也はまた剛毅の傍で眠りについたのだ。

琳也は軽く腰に触れると、意を決して声が聞こえる方へと歩き出した。ジーンズの上にはベルトホルダーが巻かれ、サバイバルナイフが刺してある。眠る前に剛毅から拝借したものだ。

剛毅は琳也をここに来させまいと思ったのか、寝る前に襖に突っ張り棒をかった上、簡単なバリケードを築いていた。普段なら突破しようとする物音で目覚められただろうが、抵抗を予期していた琳也もまた策を講じていた。店仕舞いした後食べた賄《まかない》に、オカメインコが調達してきてくれた眠り薬を混ぜたのだ。

「明かりを」

剛毅に聞こえないようにちいさな声で呟くと、真っ暗な中にぽっと光が生じた。光る石をくわえたヨウムだ。

少し歩くとすぐ木々の間から抜けられ、黒い海が広がった。それから満点の星空が。

さて剛毅はどこだと見渡そうとして、琳也は腰を抜かしそうになった。

剛毅がすぐ横にいた。その目は明らかに琳也を捉えている。

「……わかったぞ。これは夢の中だな」

そう呟いたところを見ると、現状をある程度認識できているらしい。だが、目つきはどこかうつろだし、口調もふわふわしている。

闇の中を探るように手が伸びてきて、琳也を捕まえるとしっかりと抱きこんだ。

「ちょっと剛毅、苦しい」

「やめろと言ったのに、なぜ言うことを聞かない」

琳也の話など聞いちゃいない。酔っ払いのようにふらついている男に体重をかけられ、琳也まで千鳥足になる。

「ちょっ、」

「これ、痛かったろう?」

腕に巻いた包帯に触れられ、緊張する。だが、剛毅の手つきはごく優しく、琳也にいささかも苦痛を与えはしなかった。

「おまえはこんなに可愛いのに。何で俺のせいでこんな傷を負ったりするんだ。こんなの、間違ってる……」

「可愛い!?」

「ああ。おまえはどこもかしこもすごく可愛い」

髪に甘いキスが落とされ、琳也は狼狽える。

「何だよそれ。俺は女の子じゃないよ？　そりゃ、あんたにいただかれちゃってはいるけど」

「女の子だなんて思ったことはない。こんなどこもかしこも骨張って硬い女の子なんかいるか」

剛毅が重い溜息をつく。その手は硬さを確かめるように琳也の尻を撫で回していて、琳也は半眼になった。

「タイプじゃないはずなんだがな。おまえが可愛く思えて仕方がないんだ。俺が今までつきあってきた連中は見た目こそ華やかだが中身は繊細さに欠けるというか、女でも脳みそまでマッチョな奴ばかりだった。だが、おまえはちっちゃくてどこかやわらかくて、どこまでも愛おしんでやりたくなるし、守ってやりたくなる……」

国民性の違いという奴だろうか。

「俺、成人男性だし、守ってもらう必要なんかないんだけど」

「壊れるほど傷つけられていたのにか？」

背中を丸めた剛毅が琳也の耳を甘噛みする。

「誰が壊れてるって？」

「俺の前でまで自分を誤魔化そうとするな。おまえは病んでいる。眠れないのも小食なのもそのせいだ。それなのになんで、大丈夫、全然平気だなんて笑って耐えてしまおうとするんだ？　全然平気ではないくせに。それだけじゃない。おまえは関係を強いられた翌々日にはにこにこ笑って俺と話をしていた。それがどんなに異常なことかわかっているか？」

耳の下を吸われ、琳也はふるっと躯を震わせた。寒くなんかないのに、鳥膚立っている。

剛毅の体温が心地いい。

「それは、剛毅が気持ちよくしてくれたからじゃないかと思うけど」

「おまえは極悪非道なことをした俺を訴えてもいいんだ。俺が全部悪いと騒ぎ立てて金を毟れるだけ毟り取っていい。むしろそうするのが当たり前なのに、おまえは……馬鹿だ……」

むっとした琳也の頬を剛毅が撫でる。

「俺なんかのために、これ以上傷つくな……」

現実では意地が悪いばかり、全然甘い言葉などくれなかったのに。

夢の中の剛毅の目は狂おしいほどの熱情を湛え琳也を映していた。一体どの剛毅が本当なのだろう。

「俺のこと、好き？」

剛毅の胸を押して見つめ合えるだけの距離を作り、目の中を覗き込む。

前にも同じことを聞いた。

まっすぐに目を見返してくれたのは、その時と同じだったが、返事は違った。

「好きだ。大事にしてやりたいと思ってる」

琳也は拳を握り締め、星空を振り仰いだ。

我が人生に悔いなし。なんて言葉まで頭に浮かんでくる。

「俺も同じだ。あんたのこと、大事にしたい。苦しめる輩《やから》は許せない。だから、放して」

琳也はそっと剛毅の腕を外そうとした。琳也がここに来たのは〝よくないもの〟を狩り立てるためだ。朝が来る前に目的を果たしたい。

「駄目だ。行くな」

だが、よろよろと掴みかかってきた剛毅をうまく振り払えず、もつれるように砂浜に倒れ込んでしまう。

「ちょっ、重！　どいてよ、剛毅！」

剛毅は頑是《がんぜ》無《な》い子供のように首を振った。

「どうしても行くと言うなら……」

琳也は瞠目する。

唇があたたかいもので塞がれてしまっていた。躯が全く動かせない。剛毅が琳也を押さえつけ、キスしているのだ。

満天の星空の下、砂浜で恋人から熱烈なキスをされている――。

端から見ればとてもロマンチックかもしれないが、今はこんなことをしている場合ではない。

「琳也」

「ちょっ、見られてる！　〝よくないもの〟に見られてるから！」

この夢の中で目覚めてからずっと禍々《まがまが》しい視線を感じていた。今もそれは消えていない。

だが、何においても琳也より鋭い剛毅がこれにはまるで気づいていないらしい。頓着せず、琳也のシャツをたくし上げる。

「あ……っ、あんっ。やだって……！」

感じたくないのに、濡れた舌先で胸の先を転がされればじいんと甘い痺れが生じた。切なくなってしまった躯をもてあまし、琳也は剛毅の下で身をよじって――ぎくりとする。

〝よくないもの〟がいた。琳也たちから何メートルも離れていない場所に。

腰につけたナイフを抜きたいが、両手は剛毅によって砂の上に押しつけられている。

――嘘だろ!?

「んッ、剛毅、見て、あそこっ！　いる……ッ、俺たちを、見てる……っ！」

必死に訴えると、剛毅は琳也の視線の向いている方へと目をやったが、何の反応も示さず、愛撫の続きに取りかかった。

剛毅には見えないのだ。〝よくないもの〟が。夢の主――食らわれている本人だからだろうか。

〝よくないもの〟のシルエットがゆがみ、こちらへとするすると伸びてくる。

動けない琳也のすぐ上で止まると、それの一部が割れた。舌のようなものが現れ、ねろりと宙を舐める。

「や……っ」

膚のどこにも触られていないのに、舐められた感触があった。〝よくないもの〟に味見されたのだ。

黒々としたシルエットがぶるっと震える。さらに何本もの触手のような靄が伸びてきて、琳也の躯に絡みついた。

「ごっ、剛毅ッ！　剛毅！　えっちなんかしてる場合じゃない、手を離せ。〝よくないもの〟を退治しないと！」

だが、剛毅は琳也の訴えを無視し、口で琳也のジーンズを脱がそうとしている。

「ご……剛毅ぃ……」

シャツの下、素肌の上を、ぬるりと何かが這いずってゆくのを感じた。シャツがたくしあげられているせいで、さっきまで愛撫されて硬く凝った胸の先が黒く塗りつぶされてゆくのがもろに見えてしまい、琳也は厭な予感におののく。果たして、乳首を両方一度にきゅうっと絞り込まれ、背中が砂浜から浮いた。

「やあ……っ」

剛毅が怪訝な顔をする。

「剛毅っ！　〝よくないもの〟が、いるっ、俺の服の中、両方の胸をいっぺんに……あン……っ」

未知の感覚だった。ひんやりと冷たいゲル状のものが琳也の胸の先を強弱をつけて捏ね上げている。気持ち悪いのに気持ちよくて、琳也は躯をよじった。

もう一度ねっとりと舐められる感触があり、膚が粟立つ。

欲情した琳也の味が気に入ったらしい。〝よくないもの〟はさらに琳也をよがらせにかかった。冷たい感触が胸からみぞおち、下腹へと、流れてゆく。

「剛毅ぃ……今度は俺の股間に……っ」

陰嚢《いんのう》がたぷたぷと揉まれる。剛毅に触れられて勃起してしまっていたモノに黒い靄が螺旋状に巻きついてゆくのが見えた。

「ああ……っ」

先端を残してすっかり包んでしまうと、蛇の頭のような動きで黒い靄の一部が持ち上がり、割れ目を覗き込む。先から長い針のようなものが飛び出してきて、ひたりとそこにあてられた。

「や、やだ……剛毅、〝よくないもの〟が俺の中に入ってこようとしている。怖い。お願い、助けて。剛毅……」

そうしている間にもきゅうきゅうとソコを扱かれ、琳也の腰は勝手に動いてしまっていた。

屈辱だった。

好きな男の目の前で、琳也は感じさせられ、尿道を犯されようとしている。剛毅も何かおかしいということくらいは感じているらしく、動きを止めてじっと琳也を見下ろしているが、助けてくれそうにない。

「ひ……」

入り口に冷たいものが触れる。狭い器官にゆっくりとソレが入ってくる未知の感覚が怖くて、でも感じてしまいそうなのが恥ずかしくて、琳也は震えた。

一センチほどが埋まると、針は一気に琳也の中へ沈み込む。

限界まで張り詰めていた神経がわななき、絶頂に達したような感覚を味わわされた。

「ああ……っ、ごーき……っ」

冷たい鋼のような光を放つ目が僅かに細められた、次の瞬間だった。

剣呑な風に膚を撫でられえっと思った時にはもう、ナイフが剛毅の肩の高さまで振り上げられきらりと月光を反射していた。

ホルダーに差してあったナイフがない。

今まさに琳也を翳ろうとしていた〝よくないもの〟が絶叫する。

「ええ……？」

さっきまで琳也以外見えていないようだったのに、剛毅の目はしっかりと〝よくないもの〟を捕捉していた。ナイフが走るたび、いやらしい獣が切り裂かれ、のたうつ。

黒い靄が斬られた場所からぼろぼろと崩れ、消え始めた。ナイフを手に膝立ちになった剛毅の姿も同時に薄れてゆく。いいや、剛毅だけではない。夜の海も空も消えてゆこうとしていた。剛毅が目を覚ましつつあるのだ。

――また、助けてくれた。

琳也は脱力し、砂の上に躯を伸ばすと、はふと息を吐いた。いささか無様な終わり方ではあるが、結果良ければすべてよしだ。

目を瞑ってまた開けると、琳也は剛毅の部屋に戻っていた。隣に半身を起こした剛毅もいる。

「あー、おはようございマス……」

「おはよう」

「えーと、黒いの、見えた……？」

夢の中の出来事など忘れていてくれたらいいなあと思って、あえてぼかして聞くと、剛毅はしっかり頷いた。

「最初は見えなかったが、何もしていないのにおまえが感じまくっていたからな。頭の血管が切れそうなくらい集中したら、見えた」

それってつまり、愛の力で不可能を可能にしてのけたってこと？

すごい。

嬉しい。

琳也は飛び起き、剛毅に抱き着いた。

「ありがとう、剛毅！　俺もう駄目かと思った。あんたの目の前でありとあらゆる変態プレイをさせられて最後には食べられてしまうんだと思って、俺、俺――――！」

漲《みなぎ》っていた怒気が霧散《むさん》する。呆れたような溜息をつき、剛毅が琳也の背を撫でた。

「俺の言うことを聞かないからだ」

「じゃああんたなら止《や》めてたの？」

「……止めないが、俺はおまえと違ってへっぽこではないからな」

「事実だけど、酷い！」

琳也は剛毅の肩に頭を載せる。

「でもまあ、確かに結局俺、何の役にも立てなかった」

「二度とこんなことはするな」

「え、するよ。また同じようなことがあったら。当然だろ？」

「……何の役にも立てなかったと反省していたくせによくそんなことが言えるな」

不穏な気配に琳也はとっさに立ち上がろうとしたが、剛毅は腰に回した腕を離してくれなかった。

「どこへ行くつもりだ？」

「トイレ」

「行かせるわけないだろう」

ぐるりと視界が回って、背中が布団につく。

「わ！」

「随分と感じていたようだが、あの化け物は俺よりもよくしてくれたか？」

「そんなわけ、ないし……」

琳也は冷や汗を掻きながら身をよじり、退路を探す。剛毅がジーンズを下着ごと引き下ろそうとして、動きを止めた。翳された手にはねっとりと白いものがついていた。

かあっと頭に血が上る。

「だからトイレに行きたいっていったのに！」

針を入れられた瞬間、夢の中では障害物に堰《せ》き止められ何も出なかったが、現実には詰まっているものなどない。琳也は〝よくないもの〟によってイかされてしまっていたのだ。

悔しくて、恥ずかしい。布団の中に潜り込んでふて寝したい気分なのに、剛毅は下肢に纏っていたものを全部引っぺがし、蕾を探り始める。

「よく見えなかったが、こっちにも入れられていたのか？　どんなだった？」

「こっちには入れられてない。だから、どんなかなんて知らない」

剛毅が自分の中指を舐めた。

「……夢の中でついた傷はこっちにも持ち越されるんだったな。確かめてみればわかるか」

「えっ、ちょっ」

蕾の中に指を突き入れられる。

「勝手に……っ、入れるなんて……！」

「おまえこそ勝手にあんなのに襲われるな」

ぬくぬくと琳也の肉襞をまさぐりながら剛毅が傲然《ごうぜん》と言い放つ。感じたくなくてもそんなことをされたら躯が切なくなってしまって。

涙目になった琳也はつい怒鳴ってしまった。

「心配なら、ずっと傍で見張ってればいいだろ！」

というか、傍にいて欲しい。片時も離れたくない。

我《わ》が儘《まま》を言っても無駄だってことは知ってるけど。

剛毅は帰りたいのだ、元いた場所に。きっと捨てられないものをたくさん残してきているのだろう。それが普通。琳也みたいに友達の一人もいない方がおかしい。

冗談だろ、とか。お断りだ、とか。そういう突き放すような返答を予期して琳也はシーツに顔を伏せる。だが、返ってきたのは思ってもいなかった言葉だった。

「……わかった。そうしよう」

ぼそりと、剛毅にしては小さな声で言う。

そろそろとシーツから顔を上げると、目を逸らされた。

「本当に？」

「まあ、仕方がないだろう。おまえは危なっかしくて目が離せない」

口元を緩めると、舌打ちされる。でも、キスはしてくれた。琳也も両腕を剛毅の首に回して甘えるように擦り寄る。

「あのさあ、剛毅、――好き」

「む」

日に灼けた膚の色がほんのりと赤みを帯びた。

「好き。なあ、好き……」

すき。

少し乱暴だった剛毅の指使いが変わる。琳也の中がうんと熱く甘く、蕩けてゆく。

「ん……っ、駄目だ、剛毅。後ろいじられてるだけで、イっちゃいそう……」

「いいぞ、イっても」

「でも、剛毅のが、欲しい」

上目遣いにおねだりしつつ股間を探ると、そこには重量感のある熱の塊が息づいていた。

「……っ」

「ちゃんと抱かれたい。これが欲しい。駄目？」

むにむにと手を動かしながら煽ると、腰が掴まれ、また視界が回った。布団の上に躯を伸ばした剛毅の上に跨《また》がるような体勢を取らされ、琳也は戸惑う。

「えーと……？」

「して欲しいなら、自分で入れて、腰を振ってみろ」

「騎乗位ってやつのこと……？」

もちろんそんなプレイしたことはないけれど、後ろはもう熟れて疼いている。それに琳也は、嬉しくてハイになっていた。

だって剛毅がずっと一緒にいてくれると言ってくれたのだ。

寝間着にしている浴衣の前を開いて下着をずりおろしてくれる間にジーンズを脱ぎ捨てTシャツも脱いでしまう。それから剥き出しになった剛毅自身に直接両手で触れてみた。

これを、ここに、入れる……。

――どうしよう、凄く興奮してきた。

「ええと、オイル……」

呟くと、すかさずオリーブオイルの小瓶が差し出された。この瓶はもうすっかりそれ専用になってしまってこの部屋に置きっ放しにされている。とろりと掌に垂らしたソレを、琳也は剛毅のペニスにまんべんなく塗り広げつつ、扱いた。

「うわ……凄い……」

十分だと思っていたモノが更に硬く張り詰め反り返る様子に、琳也の下腹も熱くなる。早くこれで、腹の奥まで可愛がって欲しい。

腰を浮かせて、雄の先端に蕾をあてがう。それからゆっくりと腰を落とすと、にちゃりと切っ先が食い込み、入り口が押し広げられた。

「あ……」

琳也は太腿に力を込め、小さく喘ぐ。

大きなモノがぬるぬると入ってくるのが、いつもよりも生々しく感じられた。気を抜けばくずおれてしまいそう。尻が剛毅の茂みにつくまで、慎重に腰を落としきる。それだけですっかり息が上がってしまって休んでいると、剛毅も瓶を取ってオイルを掌に取った。

ぬるぬるになった手で、ぴょこんと勃った屹立に悪戯されてはたまらない。

「あ……あ……あ……！」

あんまりにも気持ちよくて腰をよじると、中で剛毅がぐにゅりと位置を変えた。動いたのは自分なのに、息を呑むほどの甘い痺れに琳也はわなないた。

剛毅が琳也の胸元にも悪戯し始める。

「いいぞ、踊れ」

ぬるぬるの指で胸の粒をにゅぐにゅぐと潰され、琳也は剛毅に操られるように腰を揺らし始めた。

剛毅はリラックスして琳也の痴態を見ている。快楽を追って淫猥《いんわい》に躯をしならせ、屹立の先から蜜を滴らせる琳也を。恥ずかしいのにやめられないし、見られていると思うとすごく感じてしまって。

「あ……イ、く……っ」

溶ける。

蕩けてしまう。

きゅうんと躯の奥底から甘い熱が噴き出してきて、琳也は小さく口を開け、力んだ。

剛毅も上半身を起こし、快楽に震える琳也の躯を抱いてくちづけてくれる。琳也も剛毅の片翼の印の浮かんだ背に手を回し、好きな男に抱かれる悦びに酔いしれた。

躯の芯を貫いている剛毅自身はまだ硬く猛々しい。夜はまだ長そうだ。

九、エピローグ

翌日も飯屋の前には桃色の花が咲き誇っていた。いくら落ちても次から次へと花が出てきて尽きないようだ。

芋の皮剥きに集中していた剛毅がうっそりと目を上げると、風を通すため開け放っていた格子戸を潜り、肩に三羽のラブバードを乗せた大熊が飯屋に入ってきたところだった。

剥き終わった芋を籠の中に投げ、剛毅は不愛想に告げる。

「まだ準備中だ。陽が沈んでから出直せ」

ちゅりちゅりとラブバードの一羽が囀り、大熊が口を開いた。

「開店前だってことは知ってるわ。でも……」

「なぜおまえが通訳する。そいつは人語を話せるはずだ」

ちゅりりとラブバードたちが顔を見合わせる。それから一羽がカウンターの上に舞い降りた。

「ムース！」

「ああ？」

「ムース！　レーゾーコノ！　オヒサマノイロ！　タベタイ！」

「ああ、琳也が酔っぱらった奴か」

琳也が欲しがった果物は、甘い香りもさることながら、味が魅惑的だった。ねっとりと甘くて、ほどよい酸味もあって。マンゴーに似ているがどこかが決定的に違う。天上の果実かと思うほどの圧倒的なうまさは、ちょっと怖くなるくらいだ。

「あれはもしや人が食べるべきものではないのか？」

上司たちとの邂逅から戻った時、甘味でも口にすれば落ち着くかと思い琳也に与えた。

その時におかしいと気づいた。

ムースを食べた後の琳也の変化は異常だった。普段からそこはかとなく人恋しいオーラを発している男だったが、一口食べただけで滴るような艶を纏い始めた。発情し剛毅を性的に意識しているのが些細な仕草に透けて見えた。

味見した時に確かに少し発酵しているように感じたが、ああも酩酊するわけがない。

大熊がもふんとした頬に前肢を当て、困ったように笑った。

「そんなことないわ。ちょっと……心の扉がゆるゆるになってしまうだけで」

剛毅はボウルの中にナイフを置くと、手を洗った。それから冷蔵庫を開け、ラップのかかったトレイを取り出す。あの時少し食べたが、ムースはまだ六人前ほど残っていた。

「ムース！　ムース！　ムース！」

興奮して頭を上下に振り始めたラブバードの隣で、大熊がきらきらと輝くオパールに似た石を卓上に置く。

「お代はこれでいいかしら」

「何だ、それは」

「『何でも願いを叶えてくれる宝玉』よ」

飯屋を開く目的だったものをあっさり差し出され、剛毅は不愛想な仮面の下で驚くと同時に直感した。自分は今、とても重要な局面を迎えているのだと。

「あんたにはそれで売ろう。だが、おまえは駄目だ」

ぴよ？　と首を傾げてみせた愛らしいラブバードに、剛毅は前々から〝よくないもの〟にも似た薄気味悪さを感じていた。

宝玉では足りないと思ったのか、嘴を羽毛の間に突っ込み手品のように金貨を取り出したラブバードを制し、思い切りふっかける。

「物は要らない。その代わり、質問に答えろ」

「イイヨー。ナニ？」

剛毅は、少しずつ形を成しつつあった疑問を吐き出した。

「ここで食事をする時、おまえたちが味わっているのは何だ？」

表情などわかりっこないのに、ラブバードが嗤ったような気がした。

「ニホンニ、ココロヲコメテリョウリヲスルッテイイマワシ、アルヨネ？　クモツハ、コメラレタココロガダイジ。ゴーキノココロ、ウントオイシイ」

クモツ——供物、か？

血の気が引いてゆくような感覚を味わう。最初から、こいつらが超自然的存在だということはわかっていたが、これは——。

「俺にはおまえたちがどんな味を感じているのかわからん。だが、明らかに琳也は、俺にはわからない何かを読み取っているな？　琳也にも込められた心とやらが味わえるのか？なぜだ？」

答えたのはラブバードではなく、大熊だった。

「——琳也ちゃんの半分はこちら側のもので出来ているからよ。あの子は幼い頃から島に入り浸ってこちら側のものを飲み食いしてきたから、あたしたちほどじゃないけど込められたものに感応することができるの」

よもつへぐい、という言葉が剛毅の脳裏を過ぎる。ここは死後の世界《黄泉》ではないだろうが、だからといって安心していいとは微塵《みじん》も思えなかった。

「――おまえたちは一体何なんだ？」

こめかみがいつの間にか冷たい汗でじっとりと湿っている。これまで誰と相対しても怖いと思ったことなどなかったのに、今、剛毅は畏怖していた。目の前できょとんとしているちっぽけな鳥を。

ラブバードはまるっきり人間の声で笑った。

大熊の肩に残っていた別の一羽が翼を広げる。ぱたぱたと羽ばたいて床へと降り立ったラブバードは一度真っ黒に色を変え――〝よくないもの〟にそっくりだ――子供に姿を変えた。

この鳥たちは自在に姿かたちを変えることができるのだ。

「普段鳥の姿をとっているのは、あの絵本をなぞったのか？」

「ごーき、頭いいな。その通りだ！」

小さな頃、大好きだったと言っていた絵本。人懐っこい笑みを浮かべた子供を、剛毅は冷徹に観察する。

年齢は十歳くらいだろうか。よく日に灼けていて健康そうだ。くりくりした大きな目は少し端が吊り上がっており、見知った誰かを想起させる。

「それは琳也の子供の頃の姿か」

「うんっ！」

好いた相手の幼い姿は可愛らしいの一言だったが、剛毅は表情一つ変えなかった。

元来、剛毅はここまでとっつきにくい男ではない。特に子供は好きだったし、よく懐かれる。

だが、この島での最初の一か月間が剛毅を変えた。

「料理を作らせたいがために、おまえは俺をここに引っ張り込んだのか」

子供には悪びれるようすもなかった。カウンターに肘を突き、楽しそうに剛毅の顔を見上げている。

「そーだよ。だって、色んなおいしいもの、お腹いっぱい食べたかったんだもん」

「勝手な……！」

唸るように怒りを吐き出した剛毅に、子供は口を尖らせた。

「勝手じゃないよ。もー、忘れちゃったの？　ごーき、夢の中で、こんなところにはもういたくないってお願いしたでしょ？」

剛毅は凝然と立ち尽くす。

そんなことを誰かに言った覚えはない。だが。

子供は椅子によじ登り膝立ちになると、カウンターに手を突いて剛毅が手に持ったままのトレイを覗き込んだ。

「ごーき、仲良くなった子の住む町があんなことになったのが納得できなくて上官に抗議したせいで、情報漏洩が起こった時に犯人じゃないかって疑われたんだよね？　違うって言ってるのに信じてもらえなくて、こんなところで頑張り続ける意味なんてあるのかなーなんて思っちゃったんでしょ？」

心臓がやけに大きく脈打つ。

「なぜおまえがそんなことを知っている」

「ずっと前からごーきに目をつけてたから。用意してあげた作務衣、役に立ったでしょ？」

ではこの子供は手ぐすね引いて待っていたのか。剛毅がもう何もかも投げ出してしまいたいと望む時が巡ってくるのを。あるいは、そうなるよう仕向けた――？

「――琳也も何か取引したのか？　琳也の祖父も」

「じいちゃんにはね、助けてって言われたんだ。じいちゃんはずうっとある島の山の中に隠れてたんだけど、ひもじさに耐えられなくなって食べ物を捜しに出たら片足をふっ飛ばされちゃった。じいちゃんの仲間は皆もうとっくに死んじゃってて、他に助けてくれる人もなくって、とっても可哀想だったんだよ？」

そういえば琳也が祖父は軍人だったと言っていた。死にかけた時にこの異界へ招かれて救われたのだと。

第二次世界大戦の時か？　送り出された異国で琳也の祖父はこいつらに目をつけられたのか？

「どうしようかなって思ったんだけど、じいちゃんが山に隠れる前、握り飯を一欠片投げてくれたことがあったんだ。和食って、すっごくおいしいよね！　その時のこと覚えてたから、取引してあげることにした」

取引。祖父の脚は不自由だったとは琳也は言っていなかった。取引の結果再生されたのだとしたら、この異形たちは一体どれだけの力を秘めているのだろう。

「――もしかして、御方というのはおまえか……？」

子供はくすくす笑う。

「ばあちゃんはね、じいちゃんが、つがいが欲しいって言うから探してきてあげたんだ。心を込めるのが上手で、じいちゃんの注文にも合う女の人を見つけるのすっごく大変だったんだよ？　見つけて連れてきてからもごーきみたいにおうちに帰りたいって我が儘言って大変だったみたいだけど、子供ができたんだからめでたしめでたしだよね」

もはや、どういうことかは明白だった。

「運命の伴侶なんて嘘だな？　俺たちは、おまえの好みの飯を用意できるから選ばれただけなんだろう？」

　子供がぽすんと大熊の肩に寄りかかる。

「？　変なこと言うんだね、ごーきは。神に定められたなら、それが運命でしょう？」

――薄々そんなことではないかと思っていた。

　この島はまるで異国の神話の世界のようだった。生物学的に説明のつかない異形たちに、夢の中にまで侵入し人を脅かす悪神。そして望むだけでどこにでも繋がる扉。

　人智の及ばぬ存在が目の前にいるという現実に、理屈ではなく魂の根源が恐れおののく。

「琳也になぜ嘘を教えた」

　声の硬い剛毅とは反対にこの会話に飽きてきたらしい子供は、大熊のもふもふに頬擦りした。

「俺が教えたんじゃないし。親に捨てられて鬱ぎ込んでた俺《琳也》をじいちゃんが持て余して、落ち込むことはない、おまえは特別な存在なんだーって吹き込んだんだ。それで俺が元気になれたんだから、安いもんじゃない？」

「それが取引だったのか？　琳也との」

「んーん。俺、俺とは取引してないよ？　取引したのはじいちゃん。つがいが欲しいっていうから、生まれた子を一人くれるなら探してきてやるって言ったんだ。だから俺《琳也》は俺のものだよ」

言葉を、失う。

琳也には最初から、この島のにおいとでもいうべきものが染みついていた。

それも当然、琳也は生れ落ちる前から祖父によってこの島に売り渡されていたのだ。

「ママは話にならなかったけど、俺を生んでくれたから満点あげる。俺、料理が下手なのが困ったところだけど、やる気はあるし、きっとなんとかなると思うんだ。ごーきが支えてくれれば安心なのに、ごーき、ぜーんぜん俺に優しくしてくれないの、どうして？」

椅子の上に立って大熊の頭に抱き着き、ぴこんぴこんと動く大熊の耳を弄っていた子供が恨みがましく剛毅を睨む。

「俺のこと、好きなんだよね？　俺はちゃんと好きって言ったのに、なんで意地悪するの？　こんなに相性のいい相手、他にいないと思うのに」

瞳孔が開ききった子供の目が、ひたと剛毅を見据えた。もはやそれが琳也に似ているのは顔立ちだけだった。何とも言いようのない威圧感に膝を突きそうになったものの、剛毅は気圧されていることなどおくびにも出さず続ける。

「琳也と取引してないなら、なぜ娶《めと》らせる相手を探した」

「だって、恋するとご飯がもっともっともーっとおいしくなるんだもん。甘くて、豊潤で、うんと幸せな味に。けっこう難しいんだよ。ずっと独りだとだんだんえぐみが出てきちゃうし、シャカイケーケンがないと薄っぺらになるし。――ねえ、ムース、まだ？　もうくれてもいいんじゃない？」

トレーの上のムースはすでに切れ目が入っていた。そのうちの一つを小皿に載せる。

「このタトゥーは琳也を思い通りに動かすためにわざわざ？」

「ううん。それは通行証。この島に入るための呪《まじな》いだよ」

待ちかねたように伸びてきた手から皿を引っ込めると、子供はもどかし気に躯を揺すった。

「取引の破棄は可能か？」

「新たな取引で上書きすることはできるけど、俺《琳也》は駄目」

「なぜだ」

「だって、俺の躯の半分はこちら側のものでできてるんだよ？　それにお気に入りなんだ」

デザートスプーンを添えて皿を渡してやると、子供は満面の笑みを浮かべた。

「でも、ごーきだけならできるよ。新しい取引する？」

一匙《ひとさじ》すくって。あーんと口を開けて。ムースを味わった子供はなんとも幸せそうに両手で頬を押さえる。対する剛毅の眼差しは昏《くら》い。

——ずっと、こんなところにはいたくないと思っていた。

ここは化け物たちの暮らす島。人間の居るべき場所ではない。

だが、もし帰れば、不器用で考えなしな琳也をここに一人置き去りにすることになる。

「あっ、俺《琳也》のことは気にしなくていーよ。ちゃんと新しい嫁を探してあげるから。今度は傷心の俺を癒してくれる優しい人にするね。和食以外の料理も作ってくれる人がいいかなっ」

「……っ」

剛毅が口を開いたのと同時に、飯屋の奥の板戸が開いた。

「ただいま。鶏肉と卵、買って来たよ。重くて腕が抜けそう。あ、リリさん、こんにちは」

「こんにちは、琳也ちゃん」

大きなリュックサックを背負い、さらにショッピングバッグを肩から提げた琳也が入ってくる。その背後にはどこかの商店街らしい雑踏が見え、子供の笑い声や車の音が漏れ聞こえた。板戸を閉めると同時に音は途絶え、飯屋の中は静かになる。

「何してたんですか？　まだ開店時間じゃないのに」

重そうなショッピングバッグをカウンターに置くなり大熊に抱き着いた琳也に、剛毅が答えた。

「試食会だ」

大熊が物言いたげに剛毅を見る。いつの間にか店内から子供の姿は消えていた。三羽のラブバードが一皿の甘味を先を争って啄んでいるのを見た琳也は素直に剛毅の嘘を信じたようだ。

「あっ、それ、おいしいよね」

他意なくそう言ってから前回それを食べた時にどういうことになったか思い出したのだろう、ぎこちなく俯き目の縁をほのかに紅潮《こうちょう》させた。

においたつ色気に、下半身がずくんと疼く。

考えるより早く手が伸び、後頭部を引き寄せた。何をされようとしているかわかっただろうに、琳也は小さく口を開けたままだ。

カウンター越しにくちづけると、びっくりしたように目を見開く。

「んん……っ」

小さな口の中に舌をねじこまれ思わず漏らしたのだろう声が色っぽい。慌てて片手で胸を押すも、舌先で感じやすい粘膜を擽ってやればすぐに力は抜け、しどけなく剛毅のシャツに縋ってきた。

他愛なさすぎて心配になるくらいだが、そこがまた可愛い。

甘い唾液を思うさま味わい舌を抜くと、琳也は早くも目を潤ませていた。

「な、何すんだよ、皆が見てるのに……！」

恥ずかしそうな表情がまたそそる。

小皿を空にしたラブバードたちが騒ぎ出した。

「ゴーキ！　ムース！　モット！　モットチョーダイ！」

大熊にまだムースをやっていなかったことを思い出した剛毅は新しい皿にもう一切れ載せつつ、思いついたように言った。

「おまえも食うか？」

どういうことになるか容易に想像がついたのだろう。琳也が顔どころか、首や耳まで紅潮させる。

「えっ。でもまだ、色々しなきゃいけないことがあるし……」

大熊が横から手を伸ばしてきた。

「それだけあれば十分よね？　後はトレイごとこっちにちょうだい。夜にでも洗って返すから、後は二人でごゆっくりどーぞ」

「リリさん！」

肩にラブバードたちを乗せた大熊が剛毅の答えを待たずそそくさと飯屋を出てゆく。琳也の言う通り仕込みが途中だったが、今の剛毅にとってそんなことはいささかも重要ではない。

残された一皿のムースをスプーンですくって差し出すと、琳也は少し迷うような素振りを見せたものの、口を開けた。

――どうしてこうも無防備でいられるんだろう。

同じ男なのにどこか頼りない体つきに、子供っぽさの残る表情。

かつての自分が出会ったなら鼻も引っかけなかったに違いない。ゴージャスな肉体を持ち精神的にも自立したタイプが好みなのだとずっと思っていた。だがそれは、つきあうのが楽で、周りに自慢できるからだったのかもしれないと今では思う。そうでなければ、いかにも面倒くさそうなこの男を構いたくてうずうずしてしまう理由がつかない。

こくりと喉が動き、ムースを嚥下する。

変化はすぐに現れた。

吊り気味の目元に熱情が滲む。息が荒くなり、腰をもじもじさせる様がたまらなく――。

「可愛い」

「えっ」

食器を置くと、剛毅はカウンターの外に出て腕の中に琳也を囲った。背後から首筋に唇を這わせ、小鳥のように震える男を愛撫する。

「琳也。おまえのおじいさんはどんな人だった?」

「じいちゃん……? なんで、急に? ……いいけど」

シャツの中に手を忍ばせ、掌でなめらかな膚の感触を楽しむ。案外引き締まった腹筋に、ぽっちりと小さな粒が浮いた胸。戯れに指の腹で転がすと、琳也の息が乱れた。

「んっ、じいちゃんは……朴訥《ぼくとつ》ってゆーの? すっごく無口な人だった。子供が苦手なのか、母とは仲がよくなかったみたい。俺を押しつけられた時もむっつりしていて、……怖かった……んっ」

仰け反るようにしてこちらに顔を向けたのでキスしてやると、簡単に蕩けてしまう。

「それから?」

「あ……えっと……そう、怖かった、けど、じいちゃんは最後まで俺の家族でいてくれたんだ。それから……あれは何だったんだろう。死の間際に泣いてた。俺の手を握って、ごめんな、ごめんなって……」

ぴんときた。琳也の祖父はこの島に琳也を売ったことを後悔していたのだ。

「何にごめんななのかわからなかったけど、俺はじいちゃんに謝ってもらいたいことなんて一つもなかったから、気にしないで大丈夫だよ、ありがとうって言ったんだ」

かつて琳也は島について何も知らないんだなと剛毅に言った。だが、琳也こそわかっていなかった。

――こんな状況で約束なんか、できるわけがない。

好きだと言ってやれば喜ぶのはわかっていた。だが、琳也と一時の遊びでなくつきあうのは深い泥沼に踏み込むも同然の行為だと剛毅は直感していた。好きだと言うからには、諸々のおかしなことから目を逸らしているわけにはいかない。

剛毅はすでに一度痛い目に遭って懲《こ》りている。もう可哀想だからといって、考えなしに行動したりしない。不利益をこうむることになりそうだったら、今度こそ見て見ぬふりをする。悪いことではないはずだ。これくらい皆、やっている。

そう、思っていたのに。

「琳也、やっぱり俺と一緒に来い。この島を出るんだ」

やっぱりこの考えなしだけれど妙に可愛いところのある男を見捨ててゆくことなど、できそうになかった。

琳也は不思議そうに剛毅を振り返る。

「言ったよね？　俺にはもう帰るところなんかないって」

「俺が帰るところを与えてやる」

たとえ御方とやらが許さなくても。琳也が行くと言ってくれるならば、全力を尽くす。

だが、琳也はあっさりと剛毅の申し出を断った。

「それに俺にはこっちの方が暮しやすいから」

「この島は異国の神に支配されているんだぞ？」

「異国の、神さま？」

琳也は知らなかったようだが、驚いた様子も見せなかった。

「それって何か、問題ある？　だって、俺はもうここのルールを知っている。彼らと安易に取引しないこと、無礼を働かないこと、夜には外に出ないこと。それだけ守れば怖いことなんて何もない。飯屋を開けていれば生活は成り立つし。この間はちょっとおかしかったけど、必要な時にはいつでも好きなところに扉を繋げられるし。じいちゃんみたいに向こうにアパートを借りて、毎日こっちに通ってくることにしてもいいけど。俺にとっては飯屋をやる方がサラリーマンをするより何倍も楽しいし、やっぱりこっちがいいな――」

目元を上気させ、にへっと笑う琳也に屈託《くったく》はない。本当に欠片も恐れていないのだ。そしてそう言われたら案外大丈夫な気がしてきてしまって、剛毅は顔を顰めた。

能天気がうつりそうだ。

だが、実際琳也は長年にわたってうまくやってきた。そして供物だけが御方の望みらしい。扉が繋がらなくなったのも、提供者の逃亡を防ぐため。飯屋さえちゃんと開けば剛毅たちはどこへでも行ける。

「……おまえは、本当にどうしようもないへっぽこだな」

ぐいと引っ張るとシャツがずれて、琳也の薄い肩が露わになった。職業柄、筋骨逞しい男を見慣れている剛毅には琳也の肩が何とも危うく見える。シャツの下からは片翼の印が少しだけ覗いていた。

――俺と琳也を繋ぐ運命の印……。

「大人だと言う割に頼りなくて、下手な女よりそそる躯をしていて、キュートで……俺を嫁にしたいなんて馬鹿なことを平気で言う……」

御方とやらは、神が決めたことが運命だなどと言った。だが、剛毅に自分の運命を他人に決めさせる気はない。

「馬鹿なことじゃない。俺は本当にあんたを」

振り返った琳也の顎をとらえ、唇を奪う。

甘い唾液と初々しい反応を心ゆくまで味わってから解放してやると、剛毅は聞いた。

「俺が好きか？」

何を言おうとしていたのかも忘れてしまったらしい、琳也がこくこくと頷く。

どのみち最後まで聞く必要はなかった。わかっているからだ。琳也が何を言いたいかなんて。

出会いはこれ以上ないくらい最低だったのに、この男は剛毅をあっさり好きになった。そしてその好意を隠さない。いや、本人は隠しているつもりなのかもしれないが、全部丸わかりだった。

そういうお馬鹿なところを愛らしいと思った。

これは、だからだ。

「なら仕方がない。なってやろう、嫁に」

御方とやらが決めたからではない。その証拠に剛毅は、いつか琳也が望んだ時には奴らに逆らってでも琳也の望みを通すつもりでいる。いざという時のことを思うと『何でも願いを叶えてくれる宝玉』を得られたのは大きい。

冗談めかした返答に、琳也が勢いよく振り返って抱きついてきた。

「本当!?　本当に!?　やった、嬉しい……!」

つんと尖った胸の先が服越しに押し当てられる。剛毅は目元をやわらげると、運命の伴侶とやらをじっくり堪能すべく、細腰に両手を回した。

■あとがき■

こんにちは。成瀬かのです。

編集さんにご飯ものはどうでしょうとご提案いただき、今回は飯屋のお話となりました。とはいえ異界で人外が絡んできてと、ある意味通常運転かもしれません。

小鳥を飼っている方のブログを読むのが好きで、いつかお話でも出したいなーと思っていたのですが、今回ようやく夢を果たせました。このお話を書くために改めて「インコの飼い方」系の本を読んだせいもあり、今、自分でも小鳥をお迎えしたくてしたくてなりません。カラフルな中型インコのキュートさもヨウムの賢さもたまらない！　仕事場の片隅に鳥籠置いて作業できたら素敵だなーと日々妄想しています……引っ越そうかなあ……。

今まで色々とファンタジーを書いてきましたが、今回は和風でも洋風でもないエキゾチックな異界が舞台。南の島という漠然とした設定ですが、やってくる神さまは国際色豊かです。

あえてモデルとなる島は決めませんでしたが、イメージを膨らませるよすがになるかしらと南の島の資料を当たっていたら、島民全員がキリスト教に改宗したために古い呪術や宗教はもうほぼ消滅してしまって学術資料に残るのみという場所もあって、なんだか切ない気分になりました。このお話の神さまもきっと、人々に忘れ去られつつある神さまです。

今回の挿し絵は伊東七つ生先生に書いていただきました！　剛毅は私が脳内で想像していたよりエロかっこいいし、琳也はやんちゃそうだし、鳥たちは可愛いし……飯屋の全景までとても魅力的に描いてくださったのには感動しました。ありがとうございました！

そして、この本を買って読んでくださった皆々様へ感謝を。

また次の本でお会いできることを祈りつつ。

http://karen.saiin.net/~shocola/dd/dd.html　成瀬かの

初出
「神さまの飯屋」書き下ろし

CHOCOLAT
BUNKO

この本を読んでのご意見、ご感想をお寄せ下さい。
作者への手紙もお待ちしております。

あて先
〒171-0014東京都豊島区池袋2-41-6
第一シャンボールビル 7階
(株)心交社　ショコラ編集部

神さまの飯屋

2018年8月20日　第1刷

著　者:成瀬かの
発行者:林 高弘
発行所:株式会社　心交社
〒171-0014　東京都豊島区池袋2-41-6
第一シャンボールビル 7階
(編集)03-3980-6337 (営業)03-3959-6169
http://www.chocolat_novels.com/
印刷所:図書印刷 株式会社